光荣人家
工农路555号

初心

青少年读本

丁捷　著

金城出版社
GOLD WALL PRESS
·北京·

图书在版编目（CIP）数据

初心 · 青少年读本 / 丁捷著. —北京：金城出版社有限公司，2020.8
ISBN 978-7-5155-1991-3

Ⅰ. ①初… Ⅱ. ①丁… Ⅲ. ①散文集－中国－当代 Ⅳ. ①I267

中国版本图书馆CIP数据核字（2020）第004251号

初心 · 青少年读本

作　　者　丁　捷
责任编辑　丁洪涛
责任校对　陈珊珊
责任印制　李仕杰
开　　本　880 毫米 ×1230 毫米　1/32
印　　张　6.5
字　　数　120 千字
版　　次　2020 年 8 月第 1 版
印　　次　2020 年 8 月第 1 次印刷
印　　刷　小森印刷（北京）有限公司
书　　号　ISBN 978-7-5155-1991-3
定　　价　39.80 元

出版发行　**金城出版社有限公司**　北京市朝阳区利泽东二路 3 号
邮编：100102
发 行 部　(010) 84254364
编 辑 部　(010) 84250838
交流邮箱　dinghongtaobooks@126.com
总 编 室　(010) 64228516
网　　址　http://www.jccb.com.cn
电子邮箱　jinchengchuban@163.com
法律顾问　北京市安理律师事务所（电话）18911105819

序言

美好的教育文本

任彦申

初心，这是当今社会的大主题，是人生的大文章。

丁捷的这本《初心·青少年读本》，从感性和理性上精彩诠释“初心”这个大课题。《初心·青少年读本》虽是教育读本，却不说教，不拿腔拿调，是作者自我心灵的直白，真诚情感的结晶，是美好与忧伤记忆的萃取，是在中国文化、世界文化和人类进步的文明成果凝聚的初心要素中，自我学习、自我领悟、自我升华的心领神会。语境亲切、态度率真，因而作品读起来如此的感人。

《初心·青少年读本》也是丁捷跳出思想的“小我”，概括一代人甚至上几代人的思想的某些“情绪”，向下一代传导某些“律动”，以期助其开悟。《初心·青少年读本》的初衷，是感召更多的人，一代代人，能走在人心的光明正道。

某种意义上，这也是一本文化自信读本，同时还是观察世界、思考人类文明一些领域的知识读本。文可化心，文可载道，可以说，《初心·青少年读本》是当今社会呼唤的一个美好教育文本。

（序言作者任彦申教授系北京大学原党委书记、江苏省委原副书记）

自序

不忘初心，方得始终

一个人只爱自己，一颗心只有拳头那么大，几百克那么轻；一个人只爱自己的小家，一颗心最多有几百平方米那么大，几许柴米油盐那么重；一颗爱人民、爱国家、爱世界的心比960万平方千米还要广阔，与世界一样博大，如山高水长，如雷霆万钧。

月有圆缺，天有晴阴。人生风雨阳光同在，不忘初心，方得始终。

“所以表不忘初心，而必果本愿也。”“不忘初心”最早出自唐代大诗人白居易《画弥勒上生帧记》，他告诉我们，只有带着初心，才能获得本愿，完成你最初设定的情怀和抱负。你迷失，一定是因为忘记了出发时候的愿望。无数先知先觉的先辈都在这样提醒。阿拉伯作家纪伯伦在《先知》里提醒人们，“不要因为走得太远而忘记为什么出发”。走得太远，应该是好事，但走得太远而忘记启程的美心美愿，就意味着人生走进了险境。

今天，我们如何理解初心的本质，初心到底由哪些构成，我们如何在风雨兼程中紧紧地拥抱住它们，到达人生的佳境，与全人类一道攀登文明之顶？

心事浩茫连广宇，于无声处听惊雷。苍穹大地之间，有我一心。心有所静，心有所思，心有所悟，心有所得，心与心因为美好而交相辉映。

放眼望心空，如此灿烂。低头入心河，如此澄澈。

目录

第一辑　积善篇

人之初，性本善。善是先贤对人性的肯定，是中华文化的核心。初心其实也是善心。善的本质是什么？善心的力量有多强？如何认识和弘扬善文化？

第二辑　自然篇

感恩、共享、创造、超越、博爱……这些我们尊崇的初心品质，都与大自然连筋通脉。自然包罗万象，也源源不断地向人类传递着正大光明的能量。我们要以自然为师，接受最亲切也是最恒久的启蒙与启发。

第三辑　美情篇

人，生于亲情，活于爱情，死于悲情。无情者无心，因为有美情，我们才有美丽心灵。但情也会泛滥成灾，也会异化，亲情、爱情、乡情，同学情、战友情、同事情，享受情和把控情，同样重要。情由心生，初心在，情恒美。

第四辑　意志篇

我们说，人生的智慧在于取舍得当，而人生的境界在于收放自如，人生过程也就是取舍与收放的过程，要想一路走好，我们就要在启程时懂得取舍，学会收放。这就关乎培养意志品质。自信自律，让欲望闭关，让初心飞扬。

第五辑　品格篇

有雅好，知荣耻，建立初心，就要从小处做起，自爱重要，担当“他爱”更重要。了解人性的优势，也知道人性的薄弱，警惕自私自利吞噬人性的健康。社会关乎你我他，爱关人人，人人有爱。让“小我”焕发大爱，自然人人得“他爱”，他爱即成大爱。

第六辑　博采篇

没有天生聪明、开悟的童年，我们往往都是从懵懂中启程。作家的童年也有过迷茫和曲折，但领得初心教诲，终得心境透亮。那些初心的美好故事，历久弥新，照亮了我们一代代人的前程。情、趣、哲理、生命——美文有采，美心无价。

第七辑　大道篇

初心到底该怎么定义，初心有哪些重要元素？我们如何才能确认自己停留在初心里？初心是一座需要勇于攀登的高峰吗？其实，初心非常“接地气”，大道至简，到达初心，就这么简单！

第一辑

积善篇

人之初，性本善。善是先贤对人性的肯定，是中华文化的核心。初心其实也是善心。善的本质是什么？善心的力量有多强？如何认识和弘扬善文化？

一心千钧，一善制胜

孟子曾这样对他的学生公都子说，从天生性情来说，人都可以是善良的。这就是我说“人性本善”的意思。至于说有些人不善良，那不能归罪于天生的资质。同情心，人人都有；羞耻心，人人都有；恭敬心，人人都有；是非心，人人都有。同情心属于仁，羞耻心属于义，恭敬心属于礼，是非心属于智。这些都是我们本身固有的，只不过平时没有太多关注罢了。所以说，探求就可以得到，放弃便会失去。

“仁，人心也。”孟子的判断受到广泛推崇，成为中国人对人性的基本共识，《三字经》开篇便是“人之初，性本善”。几千年来，这种认识已成为中国文化的一种核心思想，这种思想利导出中华民族信、和、朴、美、厚等品性。

“性本善”，首先能让中华民族更自信。华夏众多的民族，在不断斗争、磨合和交融的过程中，天下归顺，大国一统，建立起种族丰富、疆域辽阔、包罗万象的大中华，创造出人类世界里的大同奇迹。中华民族在相互交往中没有被蚕食、割裂、分化，而是不断融合并成长壮大。例如，在汉唐之际就以包容的胸怀、恢宏的气势与周边民族交流互鉴，造就了汉唐盛世；明朝郑和七下西洋的壮举也展示了中华民族面向世界的恢宏气度。改革开放四十多年来，中国加速与世界接轨，迅速成为受世人瞩目的经济实体和文化巨舰，成就了好多国家几个世纪才能完成的伟业！

中华民族为什么敢于又为什么能够以如此开阔的胸襟面向世界？因为我们“心向善、性相和”。美国作家马克·吐温说过一句话：善良，是一种世界通用的语言，它可以使盲人感到、聋子闻到。在马克·吐温看来，只要有善良，什么样的人都能够亲近、沟通。地域、种族、风俗、信仰，这些当然不是问题。人类社会心心相印，我们坚信任何种族都是向往和亲近“善”的，有“善”的文化体一旦相遇，自然一拍即合；没有“善”的文化走不远、长不了。

善，养育出中国人的传统人格和大国国格。没有一代一代的民族精英以善示范，就没有中华民族坚守的善良源远流长。中国历史上有一位著名的文臣叫范蠡，因为广布善良，被当世和后人尊为三散千金的文财神。范蠡是春秋战国之际著名的政治家、谋略家。在有关范蠡的故事里，他的名字似乎更多的是与其辅佐越王勾践卧薪尝胆十余年，并最终打败吴王夫差的丰功伟业联系在一起。然而，历史上范蠡其实还是一位非常富有并广布善举的慈善家。据《史记》记载，范蠡在帮助勾践雪会稽之耻、平灭吴国之后，便辞官引退，游走各国经商。范蠡颇具经商才干。他在行至齐国后，便以鸱夷子皮为化名从事商业买卖。很快，范蠡就积累下千金家财，成了齐国的首富。齐王得知范蠡的才能，便拜他为相。然而，手执相印的范蠡却想到了更多生活于贫困之中的百姓。于是他将财富全部接济穷人，辞去了相职，重以布衣之身前往陶地。陶地位于齐、宋、卫国的交界处，范蠡认为这里是天下的中心，与各国交通便利，在此贸易必可致富。于是他又化名陶朱公，再次开始经商。果然，陶朱公不久后便大获其利，家产第二次累至千金。但是他发现，陶地同样有许多人贫苦不堪。于是范蠡又一次将千金散尽，资助穷人。据说范蠡在十九年的从商经历中曾“三至千金”。他的才干使他几乎每到一地都能富甲一方，然而对天下穷人的悲悯却又让范蠡每一次都将千金巨富倾囊赠出。在布施财富之余，范蠡还不忘传授人们经商获利的方法，希望借此为穷人找到致富的门路。

由于范蠡的慈善之名越来越大，他的生意也越做越大，范蠡的生意伙伴都觉得范蠡做生意不是为了自己囤积财富去享受，而是为了更多的贫穷百姓，所以大家乐意与范蠡这样的好人做生意，也不妒忌他赚钱。范蠡生意越大，可以帮助的穷人就越多，范蠡在人们的心目中，渐渐就成了应该得到敬仰的“神”。尽管史家已在典籍中将范蠡赞为“富好行其德者”—— 一个与人们通常印象中“为富者必不仁”截然相反的评价，后世百姓还是以独特的方式在民间纪念着慈善家陶朱公——在范蠡身后，人们已将他奉为文财神，供奉起来。看起来供奉的是财神，其实供奉的是范蠡的慈善之心。通过奋斗致富的确了不起，但把财产散尽周济穷人，更是了不起。

中国人为什么能开辟出丝绸之路？在古代交通十分困难的情况下，为什么可以把生意做到了中亚腹地？改革开放后为什么很快又把生意做到全世界？今天，我们倡导“一带一路”，为什么如此迅速地再现丝绸之路的辉煌？我们动用的法宝其实再简单不过。我们甚至可以骄傲地说，一心千钧，一善制胜。得道多助，中华民族动用的不是“兵”，而是心，是善良大度的民族之心，是我们的人性之初、文化之本。有着如此辉煌的历史和现实，本着一颗善心的中华民族坦荡而自信！

我们更多地知道老祖宗孟子说的“仁，人心也”，却不一定知道一位外国思想家也说过一句类似的话：“利人的品德我认为就是善，在性格中具有这种天然倾向的人，就是‘仁者’。这是人类的一切精神和道德品格中最伟大的一种。因为它属于神的品格。”培根的这句话与孟子不谋而合。所以，我们可以自豪地说，因为拥有善，我们被世界拥抱；只要拥有了善，我们就等于拥有了世界。

人性之善，自省自律

曾子曰："吾日三省吾身：为人谋而不忠乎？与朋友交而不信乎？传不习乎？"以自省来修身，一直是中国古代儒者倡导的修养之道。改过同样是道德涵养过程中经常遇到的问题。"人非圣贤，孰能无过。过而能改，善莫大焉。"善于思过、乐于补过、知过必改，是中华民族的重要美德。

战国时期，蔺相如因"完璧归赵"而被封为上卿。大将廉颇很不服气，扬言要当面羞辱蔺相如。蔺相如得知后，尽量回避、退让，不与廉颇发生冲突。蔺相如的门客以为他畏惧廉颇，蔺相如却说："秦国不敢侵略赵国，是因为有我和廉将军。我对廉将军容忍、退让，是把国家危难放在前面，把个人私仇放在后面。"这句话传到廉颇耳中，廉颇惭愧不已，负荆请罪。这是

一个典型的有关“反省”的历史典故。面对廉颇的挑衅，蔺相如善良大度，为社稷和廉颇着想，表现出理解和宽容。这促使廉颇深刻反省，一幕负荆请罪成为千古佳话。

世世代代，中华民族在自省中不断纠错和前进。就这样，亿万人民也在民族精神优化的进程中，养成了自省的习性，成就了自省的精神。

“先天下之忧而忧，后天下之乐而乐……”《岳阳楼记》抒写出中国士大夫以天下为公、以人民为重的信仰与境界，也阐述了中华传统精神里的自律人格。崇高境界不只是主观追求的客观结果，更是克制自我、节制欲望的体现。而具备这种主观能力的前提，就是人性之善。性不善，何以体恤他人、众生，“后天下之乐而乐”？性不善，又如何怀揣大公无私、以天下为己任的家国情怀？善，就是自律的力量，是严以律己、宽以待人的人性动力！

《岳阳楼记》的作者范仲淹文如其人，自己就是一个善良、理性的楷模。范仲淹是北宋时期著名的政治家、文学家，他在名作《岳阳楼记》中以“先天下之忧而忧，后天下之乐而乐”言明心志，这种以民为先的思想，既是范仲淹身为政治家所坚持的理念，也是文正公作为慈善家，实践于一生善行中的大德。

范仲淹自幼家境贫寒。少年读书于长白山僧舍的时候，范仲淹每天只熬一锅粥。待到第二天粥凝固成饼后，他便用刀将“粥饼”切成四块，早晚各取两块，就着十数根咸菜，权当饭食。范仲淹幼时发奋于贫穷中的这段经历，不仅给后人留下一个“断齑画粥”的故事，也使范仲淹终生体恤穷人的疾苦。

身居高官之后，范仲淹虽然薪俸丰厚，却依然勤俭。他把自己积攒下的大量家财拿出来，在家乡苏州郊外的吴、长两县购买土地近千亩，以地力所得救济当地的穷人，使他们“日有食，岁有衣”。这千亩田地因此被人们誉为“义田”。当地凡有人家婚丧嫁娶，范仲淹都会拿出钱来资助。对于鳏寡孤独之人，范仲淹还会定期给予周济。范仲淹的家乡因而也被人们称作“义庄”。

除了扶贫济困，范仲淹还非常热心于赞助苏州的教育事业。范仲淹在苏州南园购得一处草木葱茏、溪水环绕的好地。原本范仲淹是想在此建设自家的住宅。当房屋建好后，范仲淹请来一位风水先生。先生探查了一番，连夸此地风水好，称若久居此处“必踵生公卿”，也就是说范家住在这里可以世世代代出高官显贵。范仲淹听后却说：“吾家有其贵，孰若天下之士咸教育于此？贵将无已焉！”翻译成白话就是，我家独享此处的富贵，不如让普天下的人都能来这里读书，这岂不是能出更多的贵人！于是范仲淹毫不犹豫将房地献出，奏请朝廷批准设立了苏州学文庙，以期培养出更多的人才。范仲淹捐宅兴学的举动在当时影响极大，以至于当地富户纷纷效仿。据说“吴学”日后的兴盛即得益于此，并有了“苏学天下第一”的说法。

要达到范仲淹这样的境界，在理性上必须做到以下几点：一是为善要有一种觉悟，就是要从骨子里认可善的必要，然后才能真心诚意付诸行动。二是要有为善的能力，先天下之忧而忧得有为天下人解忧的能量，否则“忧”永远在那里，先也好后也罢，没有什么意义。这就要求从善者勤奋努力，奋发有为。意识到这一点，需要不断自我反省，然后不自满，不断向前。三是要自律，一个人不自律，无法管理好自己，贪图享受，好逸恶劳，积累不了什么财富，即使有了意外的资本，也会被自己挥霍一空。所以，自律也是“善”的保障。善，也就有了博大精深的内涵。善文化哺育出来的中国人，身上不乏理性的光芒，善于自省，刻苦自律，拼搏进取，大度大爱。

中国传统从善的人格文化，培育出无数精英豪杰，更在世界的东方孕育出了伟大的中华民族。所以，我们也可以说“性本善”文化使中华民族涌现出大批优秀的精英人才，他们的精神与修养又影响着芸芸众生，并一代代地传承着，带领着我们的民族更快、更理性地走向繁荣和文明！

所以说，善，其实就是初心的基因，中国人美好的初心，就是从“善”这个文化母体里分娩出来的。

第二辑 自然篇

感恩、共享、创造、超越、博爱……这些我们尊崇的初心品质，都与大自然连筋通脉。自然包罗万象，也源源不断地向人类传递着正大光明的能量。我们要以自然为师，接受最亲切也是最恒久的启蒙与启发。

初心，热爱自然吧

中华民族有着深厚的山水情怀，万水千山总是情，历代文人骚客，无不把他们的才情抒发于自然之上，寄托在山水之间；从来，仁人志士爱江山而藐视世俗。离开了山水，就谈不上什么境界；再大的功利，在自然面前，都是浮云一片，可以很快被时间冲淡，被岁月蒸发。

寄情物质，心怀利禄，与寄情自然有着本质的区别。凡是带着功利的眼光，带着实用主义的需求，世界看起来就不会是美好的。著名美学家朱光潜先生在一篇文章里，把功利世界和非功利世界比喻成一棵树和它在水中的树影。他说，同一棵树，看它的正身本极平凡，看它的倒影却带有几分另一个世界的色彩之美。为什么？因为看树会有功利的联想，比如这是谁家的

树、树种是否名贵、价值几何等等，充满了物质探究。而看水中的树影，是跟我们现实世界隔开的，是幻境的，与观赏者的实际人生没有直接利害关系，观赏者就不受利益之心的牵绊，仅仅把它作为一个纯粹景象，安闲自在地去玩味，更多地注意到它的轮廓、纹线和稍纵即逝的斑斓。这种形象的直觉，当然能达到美感的体验。所以，想体味到事物本身的美，一定要从实用世界跳开，以“无所为而为”的精神，进入那种其实“与我无关”的美。

那么，一个人如果功利心太强，他的眼睛里就永远只有表象，只有数量而没有树影，没有抽象。欣赏自然如此，为人处世更是如此。沉浸在功利世界的人生，根本谈不上什么美好。你靠什么去维系自己的心态，处在平静、满足和欣慰的常态？

我写过一本叫《小困兽》的书，给青少年看的，目的是培养青少年的美感，建立一种“世界上看似最没用的事物，往往最是人生的宝贝”的情怀。这种情怀其实就是超凡脱俗，把人从物质里解脱出来，把幸福建立在唾手可得的心灵世界。其中，培养热爱自然的能力和素质，是培养这种情怀的重要途径。当你对“自然”产生了情怀，并且要不时沉浸其中，有所寄托，有所参悟，你的那种跟祖先一样的文学自然情怀就产生了。这也是为什么有些人看文学太无用，而有些人看文学太有益一样，自然态度其实就是一种文学素养，或者叫人文素养。有此素养，人的心灵世界才能与自然世界真正打通。著名作家叶兆言多次提起文学无用的美好，你看不见摸不着，却如此巨大地影响着你的生活质量。

2017 年，高产的叶兆言在完成作品《刻骨铭心》后，也谈及文学在当今的作用，“没有爱情，人类照样可以存在；但是，因为有了爱情，有了文学，人类的生活才有可能变得更美好”。叶兆言的全新散文集干脆就取名为《无用的美好》，并直言“世界上有很多美好的东西可以把玩，愿你从容面对，一切‘喜欢’就好”。所以说，通过文学审美，培养对那些看起来“无用”的事物的喜欢，会体会到最大的心灵价值——更何况，自然，是那么的有用，几乎关系我们的一切利益。只是，自然不会用声音直接提醒你，不会伸出有形的胳膊，直接向你索取回报而已。

自然可以启发创造之心

我们先来重温牛顿与苹果的故事，看看这位伟大的科学家是如何得到大自然的启发的。

长期以来，牛顿认为，一定有一种神秘的力存在，是这种无形的力拉着太阳系中的行星围绕太阳旋转。但是，这到底是怎样的一种力呢？直到有一天，当牛顿在花园的苹果树下思索，一个苹果落到他的脚边时，牛顿终于获得了顿悟，他的问题也逐渐被解决了。传说 1665 年秋季，牛顿坐在自家院中的苹果树下苦思着行星绕日运动的原因。这时，一只苹果恰巧落下来，它落在牛顿的脚边。这是一个发现的瞬间，这次苹果下落与以往无数次苹果下落不同，因为它引起了牛顿的注意。牛顿从苹果落地这一理所当然的现象中找到了苹果下落的原因——引力的作用，这种来自地球的无形的力拉着苹果下落，正像地球拉着月球，使月球围绕地球运动一样。牛顿家乡的这棵苹果树后来被移植到剑桥大学中。牛顿去世后，他作为发现宇宙规律的英雄人物继而被赋予传奇色彩，牛顿与苹果的故事更是广为流传。有一年，我到剑桥大学访问，特意去朝拜了校园中的这棵苹果树。它长在那里，那么平常，不过是我们这个世界上亿万棵苹果树中的一棵。然而，它却启发了牛顿，从此，人类认识世界的步伐从蹒跚学步，进入健步飞奔。

纵观近两个世纪的科学飞快发展的历史，可以看到，人类根据大自然的启示，创造更多的发明。比如，人类根据鲨鱼发明了潜艇，根据蜻蜓的翅膀发明了飞机，根据蝙蝠的嘴和耳朵发明了雷达，根据鲸鱼的外形发明了轮船。根据令人讨厌的苍蝇，仿制成功一种十分奇特的小型气体分析仪，现已经被安装在宇宙飞船的座舱里，用来检测舱内气体的成分。

从萤火虫到人工冷光；从电鱼到设计出世界上最早的伏特电池；从水母的顺风耳，仿照水母耳朵的结构和功能，设计了水母耳风暴预测仪，能提前 15 小时对风暴做出预报，对航海和渔业的安全都有重要意义。

人们根据蛙眼的视觉原理，研制成功一种电子蛙眼。这

种电子蛙眼能像真的蛙眼那样，准确无误地识别出特定形状的物体。把电子蛙眼装入雷达系统后，雷达抗干扰能力大大提高。这种雷达系统能快速而准确地识别出特定形状的飞机、舰船和导弹等，特别是能够区别真假导弹，防止以假乱真。电子蛙眼还广泛应用在机场及交通要道上。在机场，它能监视飞机的起飞与降落，若发现飞机将要发生碰撞，能及时发出警报。在交通要道，它能指挥车辆的行驶，防止车辆碰撞事故的发生。

根据蝙蝠超声定位器的原理，人们还仿制了盲人用的"探路仪"。这种探路仪内装一个超声波发射器，盲人带着它可以发现电杆、台阶、桥上的人等。如今，有类似作用的"超声眼镜"也已制成。

模拟蓝藻的不完全光合器，将设计出仿生光解水的装置，从而可获得大量的氢气。根据对人体骨骼肌肉系统和生物电控制的研究，已仿制出人力增强器——步行机。现代起重机的挂钩起源于许多动物的爪子。屋顶瓦楞模仿动物的鳞甲。船桨模仿的是鱼的鳍。锯子学的是螳螂臂，或锯齿草。从苍耳属植物获取灵感发明了尼龙搭扣。嗅觉灵敏的龙虾为人们制造气味探测仪提供了思路。壁虎脚趾对制造能反复使用的黏性录音带提供了令人鼓舞的前景。贝用它的蛋白质生成的胶体非常牢固，这样一种胶体可应用在外科手术的缝合乃至补船等一切事情上。

大自然集天下智慧之大成，如果我们弯下身子，虚心地向大自然学习，大自然给我们的惊喜真的很多。没有一个杰出的科学家、文学家、艺术家，不是大自然的研究者、观察者、关注者和爱护者。大自然是个博大的教室，我们是这个教室里的学生。只有倾心聆听大自然的智慧和心声，我们才会从懂大自然，到利用大自然，到热爱大自然。

人类文明由创造积累，创造的能力由大自然教授。

自然可以铸就敬畏之心

自然的博大与美，让人类认识到自我的渺小与浅薄。“登泰山而小天下”，在自然面前，人类那点自大变得很可笑，个体的那点分量，更是轻如鸿毛。

1990年，“旅行者”1号太空探索飞船在即将飞出太阳系中心区域的时候，最后一次回眸我们的家园——地球，从64亿千米之外拍摄了地球照片。照片中，地球仅是一个0.12个像素大小的圆点。著名天文学家卡尔·萨根对着这张照片，感慨万分地写道：

地球是在这个浩瀚宇宙剧院里的一个细小舞台。想想从那些将领们和皇帝们溢出的血河，他们的光荣

与胜利曾成了这一点上一小部分，一瞬间的统治者。

想想栖身在这点上一个角落的人正受着万般苦楚，而在几乎不能区分的同一点上亦同时栖身了另一批人在另一角中。他们有多频繁发生误解？他们有多渴望杀害另一方？他们的敌意有多热烈？我们的装模作样，我们的自以为是，我们的错觉以为自己在宇宙里的位置有多优越，通通都被这暗淡的光点所挑战。

看到两张照片中的那同一个小点了吗？没错，就是这里，就是我们的家，就是我们。在这点上有所有你爱的人、你认识的人、你听过的人、曾经存在过的人活在他们各自的生命之中。聚集了一切的欢喜与苦难、上千种被确信的宗教、意识形态以及经济学说，所有猎人和抢劫者、英雄和懦夫、各种文化的创造者与毁灭者、皇帝与侍臣、相恋中的年轻爱侣、有前途的儿童、父母、发明家和探险家、教授道德的老师、贪污的政客、大明星、至高无上的领袖、人类历史上的圣人与罪人，通通都住在这里一粒悬浮在阳光下的微尘！

地球在宇宙视角是如此渺小的一粒浮尘。正是这一视角，唤起了卡尔·萨根对大自然无限的敬畏，由此激发出更为强烈的家园情怀。“硕大的宇宙夜幕中一个孤独的圆点，对我来说，它强调了我们在更友善、更积极地处理相互之间的关系上的责任，以及保护和爱惜这个暗淡蓝点的责任，这是人类已知的唯一家园。”没有这颗小圆点，我们的心再浩大，又能往哪里寄托呢？

早在夏商时代，古人就有“夏三月，川泽不入网罟，以成鱼鳖之长”的训诫。可有一些人，在利益的驱动下，早已丧失了对大自然应有的敬畏。心存敬畏之心，方能行有所止。人一旦没有敬畏之心，往往就会变得肆无忌惮、为所欲为。“畏则不敢肆而德以成，无畏则从其所欲而及于祸。”我们的祖先给我们留下了无数这样的警示。在禁渔期非法捕捞，势必会自酿苦果。世界各国的先贤哲人，也都有此共同的认识，法国大作家维克多·雨果，这样形容“自然”的性格：“大自然是善良的慈母，同时也是冷酷的屠夫。”那么自然何时是母亲，何时是屠夫，雨果的意思是，不取决于自然自身，而取决于人类怎么对待它。你对它没有敬畏，任意挥霍自然资源，践踏自然环境，激怒了自然，自然就会变成屠杀人类的屠夫，让你受到惨痛的教训；你呵护自然，维护自然，反馈和优化自然，自然就变成你的慈母，回报你温情厚爱。

唯有对自然心存敬畏，尊重自然，合理利用，才能把绿水青山变成为我们金山银山的美好家园。

自然可以铸就感恩之心

没有自然就没有生命，我们是自然的产物，是大地分娩的子女，是阳光、水、空气抚养的生灵。热爱自然，就是热爱我们的襁褓、我们的摇篮、我们的母亲。

热爱自然能唤起我们的良心，能感召我们的反哺之爱，报效养育之恩。热爱自然的人，绝对不会不问自己的付出，只求拼命索取。自然是宽容的、憨厚的，它不会跟你斤斤计较，不会对你的贪婪之欲、无情索取进行睚眦必报的反击。但自然也绝不会没有是非、没有爱憎。在你砍伐的地方，森林有一个创口，那是风暴的大门；在你挖掘的地方，大地有一个残缺，那是塌陷的成因；你的每一句污秽之词，都加添着你的肮脏；你的每一袋垃圾，都是你挥霍自然的证物，一定会有一张欠条记

载着你的名字；你屠杀的每一个生命，跟你都有同样的权利，都是大自然平等挚爱的儿女；你吞下的每一口食物，其实就是另外一个与你等价的生命，你的生命不就是大自然博爱的恩赐与恩宠吗？

没有感恩之心，生命就不配依附自然，人就无权在自然里生存。

对自然有没有感恩之心，也决定着我们对他人有没有感恩之心，更决定着我们能不能赢得未来。联合国在环境方案里这样表述：我们不仅仅是继承了父辈的地球，更是借用了儿孙的地球。自然属于过去，更属于未来。所以，我们感恩前辈帮我们维护和完美无缺地遗传了美好的大自然，也感恩后人借给我们美好的大自然。有这颗感恩之心，我们就有责任节俭使用，精心建设它，这才无愧前辈，无愧后人。

今天，我们赖以生存的大自然给予了我们阳光、雨露与空气，让我们得以感受生命的美好。所以是不是每天该对大自然道一声感谢呢？

自然，您好！我们永远感激您。

自然可以铸就超越之心

生命是短暂的，自然是永恒的，我们是到永恒的自然里，走马观花地停留了那么一瞬。我们是自然的过客，坐在自然的客厅里，喝一杯自然的茶，听一曲自然的歌，吃两片自然的面包，享受自然的热情与馈赠。我们也能欣赏客厅里自然的宝藏，把玩一下陈列在自然里的那些装饰、那些摆设、那些美景和器物。但是，我们得来的这一切，并非我们自己的。我们无权也无法真正拥有。作为过客，我们应该克勤克俭，取舍得当，衣不奢侈，食不过量，保持做客人的基本尊严、起码教养。生不带来，死不带去，超然物外，轻松走过。

我们今天常常劝慰那些为功利拼搏而遍体鳞伤的人，要他们“看淡一些”“生不带来，死不带去”，这些都是善良百

姓的智慧，语言朴实，但富于哲理，是一种大聪明。清乾隆时期的大臣和珅，一辈子费尽心机敛财，可以说积累财富到了呕心沥血的程度，最终落得身败名裂，人亡财尽。和珅的智商极高，琴棋书画、治国行政，无所不能，可是他的境界不够，沉湎于物质，缺少超脱精神，最后落得比最蠢的人还要凄惨的下场。你说这事何苦来哉！你要把世间宝贝都搬到家里，你搬的了吗？即便地球都属于你，可地球的生命是百亿年，人只有区区百年寿命，而地球上的树木，有的都能活千年以上，比起大自然，区区百岁的人，算得了什么？到底是你带走了地球，还是地球带走了你，一目了然啊！所以，囤积物质，有什么意义呢？

不要过度向自然索取，而是向自己的内心索求，这是我国古代崇尚的一种境界，此所谓“超然物外”。宋朝叶梦得《石林诗话》：“渊明正以脱略世故，超然物外为适，顾区区在位者，何足概其心哉？”称赞陶渊明脱世俗、归田园，“悠然见南山”，只要眼睛里有自然可以欣赏，粗茶淡饭，布衣素食，人生一样快乐。一旦受了大自然的教化，也就能从大自然那里获得无限乐趣，获得精神上的至高满足。所以千百年来，陶渊明所崇尚的生活，一直被定义为“超

然”，什么物质功利，也绑架不了这种生活。这就是优秀的自然观塑造了人生观的伟大。到了宋代，后来被世代文人士大夫尊崇的苏轼，借助《超然台记》，说超然物外：“予弟子由适在济南，闻而赋之，且名其台曰‘超然’，以见予之无所往而不乐者，盖游于物之外也。”意思是只要超然，无往不乐。苏轼的境界使他名垂千古，我们今天没有人不知道苏轼，我们在一遍遍诵读他“大江东去浪淘尽”的文采，颂扬他“谈笑间樯橹灰飞烟灭”的洒脱，铭记他“千里共婵娟”的人间真情，这一切，都因为他有着“游于物之外”的自然超越境界。

所以，我们要向超然洒脱的陶渊明、苏轼学习。“但愿人长久”，人的什么长久？人的高尚精神、人的纯洁心灵，这些是可以长久的。功名利禄都是要灰飞烟灭的，只有精神，可以追随自然的脚步，走向不朽。

自然可以铸就共享之心

自然不属于哪一个人、哪一群人、哪一代人，你有我有大家有，日有年有世世有。自然告诉我们，不要慌张，不要急吼吼，人生应该从容一些、礼让一些、优雅一些。

我们要向圣人的淡定、自若、风雅、谦让学习。老子说："圣人不积，既以为人，己愈有；既以与人，己愈多。天之道，利而不害；圣人之道，为而不争。"圣人是不存占有之心的，而是尽力照顾别人，他自己也更为充足；他尽力给予别人，自己反而更丰富。自然的规律是让万事万物都得到好处，而不伤害它们。圣人的行为准则是，做什么事都不跟别人争夺。

下地割麦，不要连根拔起，还一点营养给辛苦的土壤。出海打鱼，不要为了装满你的船舱，连幼苗一起赶尽杀绝。深山

采玉，不要为了多几块顽石而掏空别人的山体。授人以花，手有余香；受赠谦谦，心旷神怡。独吞一个大饼，容易撑坏自己；见者有份，皆大欢喜。上地铁的时候，不妨慢一点，冲锋陷阵会冲撞老人、孩子和柔弱的妇女，那不是你的家人，就是他人的父母、子女或妻子。有一天你遇到一个跟你同样的人，你会被他踢翻在地。多几个你这样的人，你的妻子儿女和老人随时会失去安宁。

大海蒸腾，高山化雪，河流毫无保留地把自己注入汪洋，因而它永不枯竭，源远流长；树木不断剥离自己的枝叶，吐露气息的芳香，大地才不吝供给它营养，天空才任由它蓬勃地生长。汪洋是大度的教科书，森林是奉献的演示场。自然是循环的，社会是因果的。互惠互利，社会规则；平等共享，自然法则。心，当尊之，当循之。

第三辑 美情篇

人，生于亲情，活于爱情，死于悲情。无情者无心，因为有美情，我们才有美丽心灵。但情也会泛滥成灾，也会异化，亲情、爱情、乡情，同学情、战友情、同事情，享受情和把控情，同样重要。情由心生，初心在，情恒美。

在亲情的“蜜糖”中保持清醒

我曾在《动物世界》里看到过一个感人的故事。

在非洲大草原，每年转季，角马群都要转场大迁徙，其中过河是一道险关。河水湍急，水下凶猛的鳄鱼成群，水边暴戾的河马结队。稍有不慎，不是被滚滚洪流吞没，就是被同伴踩踏而亡，而更多的则是被鳄鱼撕碎，被河马攻击。所以，角马过河是一场生死突围，活下来拼的是自身的力量、经验、勇气，甚至是虚无缥缈的概率。随着大部队冲过去是侥幸，冲不过去是牺牲——每次过河必然要为守候了一年的鳄鱼提供一顿大餐，每只角马只能在侥幸和牺牲之间选其一。这一年，有一只母角马很幸运，虽然刚生育过，体质还很虚弱，可紧随大部队的它安全冲到了对岸。可当它准备汇入滚滚向前的角马大部队时，

它突然发现自己的孩子丢了。等转身驻足它才发现孩子正被河水冲向下游，在激流中挣扎呢！一群鳄鱼跟着水流追逐着小角马。母角马犹豫了——仅仅是几秒钟的犹豫——作为一只饱经风浪的老角马，它知道这种情况小角马基本无救，谁去帮助它谁就会成为陪葬品。可母角马没有算这个账，它拔腿快速向下游奔跑，并一头跃入水中，冲过鳄鱼群，奔向了自己的孩子……

亲情的强大就是如此，大得无论是卓绝的理智，还是丰富的经验，都无法拦得住所谓的“本能”。亲情美好而温馨，亲情的初心是什么？亲情又该如何与为人的初心、与做事的初心不相违背，而是相融合、相渗透，并且指导着我们在成长中不忘初心、拼搏前行？

我想，每个人都需要在亲情的“蜜糖”中保持清醒：友情诚可贵，亲情价更高；若为初心故，二者皆可抛！初心，即我们做人的根本，我们不只是家庭中的成员，是父母的儿女，更是社会公民，有着自己肩上的责任、心中的道义！

回到那只母角马的故事中，我的眼睛因它而湿润，但它丢掉了“活下去”的初心——不仅葬送了自己的性命，也抹杀了集体之于它的贡献与帮助，甚至还放弃了那份侥幸的概率。读这个故事，我们不应该被亲情的温存“绑架”，而应反思和警醒——我们的初心和爱，还有比亲人、比家庭更宽广的范畴。

古书《乐善录》里记载了这样一个故事：

富商有段姓者，畜一鹦鹉，甚慧，能迎客与诵诗。段剪其两翅，置于雕笼。熙宁六年，段忽系狱。及归，问鹦鹉曰：“吾半年在狱，身不由己，极其怨苦。汝在家有人喂饲，何其乐耶！”鹦鹉曰：“君半年在狱，早已不堪；吾多年在笼，何乐可言？”段大感悟，即日放之。说的是有一个姓段的富商，养了一只鹦鹉，十分聪明，能接待客人并诵诗交谈，于是这个姓段的人剪了鹦鹉翅膀上的羽毛，把它养在雕刻精美的笼子里面。

熙宁六年，姓段的商人突然因为出事进了监狱。等到回来后对鹦鹉说：“我在监狱里半年，处处不得自由，是何等的痛苦。你在家里有人喂养，是多么的快乐啊！”鹦鹉说：“你只在监狱里待了半年就已经觉得痛苦不堪了，而我在这笼子里待了好多年了，又有什么快乐可言呢？”姓段的商人听后恍然大悟，当天就把它放了。

这个故事讲给我们今天的孩子和家长，都是有很大的启迪意义的。下一代不能过度依赖家长，总有一天要走出去，自我飞翔；上一代不能过度呵护子女，要留一定的空间让他们自立，否则他们长不了自己的翅膀。亲情不是用来毁掉自立自强精神的，亲情是要激励自立自强精神的发育的。当今中国，溺爱子女和啃老现象严重，我们需要警惕，家长当学学出狱后顿悟的段姓商人，孩子不要连一只鹦鹉的觉悟都没有。

我的作家朋友孙云晓先生在 20 世纪 90 年代就看到部分中国家长在家教中存在的问题，指出他们错误地把“爱”的教育，理解和实施为“溺爱”的教育，一味地为孩子创造优越的物质条件和生活便利，这其实是害了孩子。孙云晓先生由此专门调研了成功的日本基础教育，发现日本教育的成功法宝就是一个“狠”字，日本人不要自己的孩子做娇宝宝，而是让孩子做能吃苦的狠娃娃。所以，日本的家长和学校要求孩子在家庭中不得享受特权，不得受到特殊的照顾，在学校一切事务，更是必须自己承担，没有人帮助你铺床叠被、洗碗刷盆，孩子得自己动手，完成个人和小集体的一切劳动事务。日本孩子因此一点也不娇惯，一个个像“小大人”，都是劳动能手。这样的孩子长大了，怎么能不强呢！

所以，亲情，不是为了让我们飞得轻松，而应当是为了让我们飞得更勇敢、飞得更高。

让我们拥有“友情力”

人的社会属性决定了人对友情的渴望比任何一种动物都要强烈千百倍。有一种说法：人的一生，如能达到“四好”，就堪称“完美”了。哪“四好”呢？一个好身体，一份好职业，一个好家庭，几个好朋友。这足见友情的分量之重。“孤家寡人”这个词，不光是古代“高处不胜寒”的君主自己的谦称，也可用来形容如今缺少朋友、孤立无助的普通人。

清代名臣曾国藩待人热诚，广结天下名士，为事业的发达打下了坚实的人脉基础，他的朋友数不胜数。在曾国藩家书中，他常叮嘱家人要重友情、多结交，但每每都要再多叮嘱一句：一生之成败，皆关乎朋友之贤否，不可不慎也。曾国藩告诉家人，交友善与不善，关乎一生成败的大计，必须慎之又

慎。时至今天，这依然是一条值得我们时刻谨记的睿智而温馨的提示。

好的友情会写下佳话，创造人间奇迹。俗话说“文人相轻”，但在唐代文坛上，却有两个文人给后人留下了文人相亲的佳话。他们是白居易和元稹。两人的友谊，是在共患难中建立起来的。元和十年（公元 815 年）正月，白居易与元稹在长安久别重逢，两个人经常畅谈达旦，吟诗酬和。但事隔不久，元稹因为直言劝谏，触怒了宦官显贵，在那年三月被贬为通州司马。同年八月，白居易也因要求追查宰相武元衡被藩镇军阀李师道勾结宦官暗杀身亡一案，被权臣嫉恨，宪宗听信谗言，把他贬为江州（今江西九江）司马。休戚相关的命运，将白居易与元稹紧紧联系在一起，他们一生交谊很深，互相勉励，友谊促进事业，齐头并进，成为载入史册的两位文学大家，作品皆为世代传诵。世人将之称为“元白”。

坏的友谊会毁掉自己，毁掉朋友，毁掉事业。我采访过一位在狱中服刑的贪官，他曾在某省官至厅长，工作水平高，交际能力强。由于他交朋友不做取舍，来者不拒，所以众多称兄道弟的人中，不乏狐朋狗友。这些人为了利用他的权力来谋取不正当利益，想方设法拉拢他、麻痹他，让他在所谓的“兄弟圈”中飘飘然。最后，因为无原则地帮助这些朋友，这位厅长走上了违法犯罪的道路。当然，那些所谓的朋友，一个个也没有逃得脱惩罚。真是交友不善，一毁俱毁。这位前厅长痛悔万分地对我说：想不到友谊竟然能成为人生毒药，真是教训比海深啊！

友情是美好的，但美好的东西，没有一样是可以信手拈来的。鲁迅先生说，人生得一知己足矣。说的正是交朋友难的道理，这也从另外一个侧面反映出，交朋友需要谨慎，在赤诚相待的同时，也应当精挑细选。

青少年渴望友情，渴望拥有一些心灵相通、兴趣相似、性格相融的朋友。这是最正常、最合理的需求。结交阳光开朗、积极向上的朋友，可以帮助我们排解一些青春期特有的、父母都“无能为力”的忧愁和难题；朋友之间还能形成一股强大而神奇的“友情力”，助推我们往身心健康的方向共同成长；友情也会点亮我们彼此的生活与学习，让我们本就美丽的青春期，更加斑斓多彩。

几年前，我曾在江苏省公安厅缉毒大队的帮助下，来到少年监狱和戒毒所采访了几十位吸毒少年，发现这些孩子本质并不坏，有的还曾经是连续多年的“三好学生”。他们走上吸毒道路，无一例外都是源于交友不当。其中，三分之二的孩子是交往了校园外的不良青年，被他们拖下水，上瘾之后，被逼着去发展吸毒的“下线”，再把自己的同学拉下水。坏朋友就像瘟疫，有着传染功能。所以交友的时候，我们一定要戴上“口罩”，拒绝那些不良习气的沾染，远离那些一边花言巧语一边做着见不得阳光的事情的人。

朋友没有贫贱之分，但友情却有着优劣之别。愿青春年少的你，能擦亮一双找寻、筛选朋友的明亮眼睛，并拥有值得结交一生的挚友和永不褪色的友情。

乡情：催人奋进的歌谣

中华民族是一个寻根民族，每个华夏子孙都特别在乎自己的出生地、成长地，对故乡和故乡里的故人们充满了深切而彻骨的眷恋。乡情最能激励游子们在外努力奋斗，乡情也最能召唤游子们回归和反哺。乡情化小，是亲情，是恩情；乡情升格，是民族情，是爱国情。“他乡遇故知”，任何人都会倍感亲切，甚至会因此联想到故乡而热泪盈眶。乡情就是有如此大的魔力，她是中国人的根与魂。

乡情是一种经常被我们歌咏的情，更是一曲催人奋进的歌。同学们问问自己的父母和祖辈就会发现，几乎每个人都有一个“偏僻的老家”，那也许是一个小山村，一个小水乡，一个小城镇，一条小街巷；蜿蜒的路，曲折的河，小溪、竹影、麦田、

稻浪，篱笆墙上的花香鸟鸣，磨得光滑的青石板路……世界那么大，我们的眷恋却如此小。年少时，谁的心不大、不野呢?可是岁月催人老，时光飞逝过，我们的心越来越滞留在曾经成长的那个“小地方”。我们的乡情一如乡愁，就这样浓浓地锁定在民族的血液中，锁定在古老东方巨龙的基因里。我们应当为这种基因感到骄傲，也正是因为这种基因，壮大了我们的华夏之根，牵扯着我们的炎黄之脉。

在中国的历史上，有许多感天动地的乡情故事。中国历史典籍第一位记载了姓名和史实的汉族和亲公主刘细君，其生平事迹就是一曲乡情壮歌。被汉武帝选为联姻对象，刘细君具有正宗的皇家血脉，是名副其实的汉室公主。其高祖是汉文帝刘恒，曾祖是汉景帝刘启，祖父是汉武帝刘彻之兄刘非，父亲是江都(今江苏扬州)王刘建，史称其为“江都公主”。细君气质超凡，美貌脱俗，机敏可人。当时，匈奴国势力强大，汉、匈两族的边陲有30多个大小不等的王国，大多为匈奴所控制，只有乌孙国(今新疆伊犁一带)拥兵近20万，是西域诸国中最强大的王国，敢与匈奴抗衡，而且愿意与汉朝来往。公元前108年，西域乌孙国王昆莫向长安送来聘礼，请赐一位汉室公主为妻。汉武帝为联合乌孙共同对付匈奴，同意联姻。经过左挑右选之后，决定由刘细君出塞，担此重任。

汉武帝元封六年（公元前105年），为刘细君送嫁的队伍从扬州向着“去长安八千九百里”的乌孙出发了。车马辚辚，华盖亭亭，细君公主的车队行走在两千多年前的黄土路上。前面已经是灵璧境内，壁立山前，人踟蹰，马不前。刘细君下了木轮车，东望乡关，家乡扬州已经消失在看不见的远方；西望长安，前面的路途，依然遥远得望不到尽头。她手抚巨石，久久不忍离去，时间过去了很久，刘细君手上的汗渍居然在岩石上留下了一枚清晰的手印……刘细君嫁到乌孙后，牢记其担负汉朝边疆安宁的使命，“自治宫室居，岁时一再与昆莫会，置酒饮食，以币帛赐王左右贵人”，用汉武帝所赐的丰厚礼物，广泛交游，在乌孙国的上层社会中巧妙周旋，并因其知识渊博、多才多艺、不卑不亢而赢得了乌孙国上下的敬重。按照乌孙国的风俗，国王死后，年轻的王后必须嫁给王室子孙为妻。老国王昆莫是乌孙历史上一位杰出的君王，对细君倍加宠爱。出于对细君长久幸福的考虑，他决定在自己生前就将细君转嫁给王位继承人——他的孙子岑陬军须靡。但是这一极不符合汉家传统礼仪、离经叛道的决定令细君无法接受。在反复推脱不成的情况下，她上书武帝，请求在老昆莫去世后将她召回故土，叶落归根。汉武帝接书后，内心虽然很同情，但为了国家边陲的安宁，下旨曰："从其国俗，欲与乌孙共灭胡。"

得到汉武帝的旨意，细君反复思量后，向昆莫表态愿听安排。在昆莫的主持下，细君与其孙岑陬军须靡举行了婚礼。不久，昆莫病故，军须靡继承王位，汉、乌两国友好绵延六十余载。细君和军须靡生有一女，名少夫。

"居常土思兮心内伤，愿为黄鹄兮归故乡。"刘细君将塞外生活的艰难悲愁都写进了《黄鹄歌》中。她在乌孙只生活了 5 年便早逝。可以说，是乡情化为动力，克服一切艰难屈辱，公主的付出换来了边疆数十年的稳定安宁，同时也给当地的游牧民族带来了先进的中原文化。细君公主渐渐从汉民族的记忆里褪去，成了模糊的一道背影，而哈萨克族人民却永远地记住了这位远道而来的新娘。身在伊犁的哈萨克人都知道细君公主的故事，伊犁河谷的哈萨克族儿女会永远怀着感恩与敬仰的心，将这位公主的故事传扬下去。

在中国近现代发展史上，做出杰出贡献的不仅有国内的亿万民众，也有漂泊海外的千万华侨。

乡情牵动爱国情，华侨不断向同胞伸出有力之手，助跑中国经济和社会。资料显示：全世界有 6000 多万的华侨华人，他们是连接中国与世界的重要纽带，是推动中国融入世界，推动中国改革开放的重要力量。内地第一家合资企业，第一条合资高速公路，第一家外资银行分行，第一家五星级合资饭店……华侨华人创造了许多“中国第一”。

自 1862 年华侨在广州设立进出口商行开始，到 1911 年的 50 年中，他们在工业、银行业、矿冶业、铁路建设与运输业、轮船运输业、农林业等几乎所有民用产业领域和众多行业部门，开设了具有现代性质的企业。这些具有开创特征的企业，对中国的近代化进程起到重要推动作用。1873 年由广东华侨商人陈启沅创办的继昌隆缫丝厂，是中国第一家民族资本的近代工业，标志着中国近代机器工业的开端。当时，中国生丝在国际上的竞争力正处于日渐式微的阶段，自陈启沅制造的国内第一台机械缫丝机诞生后，国内沿用了数千年的手工缫丝逐步被机械缫丝取代，从而大大促进了 19 世纪后半期至 20 世纪初国内的种桑养蚕业。

1904 年，近代史上著名华侨实业家张榕轩和张耀轩兄弟兴建了中国第一条民办铁路——潮汕铁路。潮汕铁路的兴建，在中国近代史上开创了民办商业铁路的先河。此条铁路建成于 1906 年，1939 年毁损于抗日战争，在它存续的 33 年间，对韩江中上游和闽赣边区人民往来汕头，对当地的客货运输和城乡经济的繁荣，都曾发挥重要作用。

1915 年，中国诞生了第一家橡胶工厂。有记载显示，广州河南绅士邓凤墀，在孙中山提倡“实业救国”的思想影响之下，先后动员他在越南、新加坡、加拿大的亲友，带了资金、设备和技术回国办厂。在第一家橡胶厂出现之时，整个中国橡胶工业还是一片空白。

华侨华人为中国早期工业化奠定了基础。中国第一家工业化生产葡萄酒企业——张裕酿酒公司，中国第一家民族电灯厂——广州华商电灯厂，中国第一家民族火柴厂——佛山巧明火柴厂等都是由海外华侨华人兴建的。

按照学者林金枝的统计，晚清时期华侨在广东、福建和上海创立的企业总量达 351 家，为改革开放贡献了第一桶

金。华商企业是中国改革开放以来投资最早的外资企业，不仅为中国带来了资金，也为中国带来了技术、管理和人才。在改革开放初期，中国经济建设急需大量资金，而当时外商投资有限，广大华商率先在华投资，积极参与中国经济建设，并带动其他外商对华投资。早期华商投资主要集中于广东和福建两大侨乡，尤其是经济特区。此后，华商在中国的投资由经济特区、侨乡向广大的内陆地区发展，这与中国对外开放在空间上的进程是一致的。据统计，改革开放以来，侨商投资占中国引进外资的 60% 以上。

所以，重乡情的中国人，不管到哪一天，不管走到世界的哪一个角落，中国心总是炽热地跳动着。乡情成为建设家乡、建设祖国的强大力量。

我想，大多数青春期的同学们还未尝到离乡在外、独自求学和生活的辛酸甚至苦涩。更有很多同学，对“外面的世界”满怀期待，仿佛随时准备整装前行——这些都是一种青春的冲动与原动力，是很好的。但我相信，离开，是为了更好地回归，学成后、打拼出一番天地后，你一定会渴盼着回到生长的地方，甚至她一直在你心中，从未远去——在外孤独、失落时，她总会拥抱我们、安抚我们，是我们安放心灵的港湾，因为我们知道，不管是衣锦还乡，还是落魄潦倒，她都会如母亲一般，欢迎着我们。

“归来吧，归来哟……”请永远记住，那最可爱的故乡，永远期待着你的回归。乡情是祖国心的澎湃动力。祖国心，是伟大的初心。

第四辑

意志篇

我们说，人生的智慧在于取舍得当，而人生的境界在于收放自如，人生过程也就是取舍与收放的过程，要想一路走好，我们就要在启程时懂得取舍，学会收放。这就关乎培养意志品质。自信自律，让欲望闭关，让初心飞扬。

自俭，让我们返璞归真

初心体现在“自俭”中，“自俭”能帮助我们返璞归真。

越复杂的生活，成本越高，越是将人拖入疲惫中，劳心劳力。前些年，社会上刮起大吃大喝的歪风，而且少数人仿效历史上的帝王将相，追求“食不厌精”，一顿饭要吃几十道菜，每道菜都要精加工。有的人甚至仿效慈禧太后，大摆所谓“满汉全席”。饮食本来是为生命补充能量，就如手机充电、汽车加油一样。可一口菜的要求极高，要他人付出千般力，简直就相当于为了手机充电，整天背一部发电机；为了汽车加油，三里备一箱，五里建一站。生活本不需要那么复杂，卸下包袱，我们才能轻装疾行。

现如今有些人喜欢旧社会那种前呼后拥、胡吃海喝的江湖生活，一旦失势之后，什么都不适应，觉得家常菜不可口，出门跟老百姓挤公交丢份子，没会议开了就强迫老太婆和儿孙端坐一堂，听自己发号令做报告。可家人不是下属，不买账，于是觉得事事不如意，处处不顺心，健康幸福全无。

前一阵子听说大明星周润发的故事，深有感触。发嫂宣布将捐出周润发全部的财产，大概56亿港币，其中20多亿这些年已经悄悄捐出。为什么有那么多钱，因为明星本身收入高，更重要的是，周润发夫妇一直过着“素生活”。香港媒体说周润发是最容易遇到的明星，地铁、菜场、小馆子，随处可见。他们过着平常人的生活，相濡以沫，简单、快乐而自在。

好生活需要的不是堆积如山的财富，用堆积如山的财富去装备生活，只能使生活成为生活者繁琐的累赘，那会压得你喘不过气来。感受生活的，是心而不是胃，是里子而不是面子。好生活装在你心里，而不存在银行里。你看得清这一点，好生活只是咫尺之距，唾手可得；你看不清这一点，你就奔走在去往银行的路上，生活的双腿疲惫不堪。美国超级富豪洛克菲勒家族的小约翰曾经通过《时代》警告家人，财富是上帝的，你

们不过是管家。他要家人明白，财富越多，管家越累，拥有巨大财富，跟拥有巨大幸福，完全是两回事。更何况，财富终究不能带走，而一颗幸福之心会跳跃在你自己的胸膛里，还会变成幸福基因，传达给后人。

近几年，我们的社会开始倡导“极简生活方式”。有的人盛赞这种生活方式，认为是物质满足之后的一种自在悠闲的选择，是中国社会经过高 GDP 疲顿之后的全新的理想处事。其实，极简主义生活观并不新鲜，古代庄子的淡泊、陶渊明的闲适都来自于此。他们的欲望有限，所以能满足于最简单的生活。庄子在名篇《逍遥游》中说：“鹪鹩巢于深林，不过一枝；偃鼠饮河，不过满腹。”它揭示生命的负担就是欲望需求的负担，生命的规律就是，你心里要得越多，你身上的负载就越重，生命的质量就相应缩水。口渴的鼹鼠，来到河边喝水，充其量也就能把整个肚子撑饱了，河流再大，水再丰沛，对一只只能装一勺水的胃来说，意义不超过一条小溪、一方小水塘，甚至雨中干净屋檐的滴漏。所以，鼹鼠喝完水，拍拍自己的肚子就一蹦一跳，离开了那条河流，快乐地玩去了。可是，人有时候却不一样。喝几口水，觉得解渴，欲望就膨胀到想要霸占整条河流。然后，焦躁地徘徊在河边，玩命地圈占它，控制它的水流，不惜为之用尽力气，费尽心机，有的还因争夺而引发战争，导致血流成河。

人把自己称为“高等生命”。就这一件事来看，人和小小的鼹鼠，到底谁是高等，谁是愚蠢级的生命呢？

东汉应劭《艺文类聚》卷四十引《风俗通》里有一个东食西宿的故事，很有意思。俗说齐人有女，二人求见。东家子丑而富，西家子好而贫。父母疑不能决，问其女，定所欲适，难指斥言者，偏袒，令我知之。女便两袒。怪问其故。曰：“欲东家食，而西家宿。”此为两袒者也。意思是说：齐国有户人家有个女儿，有两家人来求婚。东家的男子长得丑陋但是家境富裕，西家的男子容貌美但是家里很贫穷。父母犹豫不能决定，就询问他们的女儿：“你来决定嫁给谁，（你）要是难于亲口指明，不用指明表白，就将一只胳膊袒露出来，让我们知道你的意思。”女儿就袒露出两只胳膊。父母亲感到奇怪就问她原因。女儿说：“（我）想在东家吃饭，在西家住宿。”

齐女就是这样一个什么好处都想要的人，最后在好处面前无所适从，干脆想“撕裂”自己，把自己变成什么都沾光的

"怪物"。这样的人，还能有正常的心态和生活吗？我们现在也有一些年轻人，在选择工作时，既想轻松又想钱多；选择伴侣的时候，既想对方浪漫，又想对方踏实；装修一个新房，既要中式的美观耐用，又要西式的奢华舒适，有的人干脆装两个厨房，一套房子几种风格，造成巨大的浪费，生活起来又是多么的繁琐啊。

不懂得简朴，一个人一生就会累死累活为这种繁琐打拼。生活的繁琐放纵起来是没有界限的，所以打拼也就没完没了，这样自己也会变成一个劳劳碌碌的自私自利者。因为他自己忙都忙不过来，哪里有多余的资源和精力去帮助他人、奉献社会？那些高尚者、博爱者，一般都是自己生活比较简朴的、容易满足的。他们永远觉得自己所拥有的已经够多，所以一直都能真心地腾出一些自我能量做奉献。

极简生活的生命力在于，无论古今，无论中外，无论贫富，"简化欲望"都可以达到"简化生活"的目的。因为它是从主观欲望着手的，对任何阶层的人都是有效的、易于实现的。可以说，"简化欲望"是适用于所有人的节能、高效的生活方法。

当然，“自俭”是对个人欲望做减法，是简化自己的生活，不是逃避现实，不是简化事业，不是简化责任，不是遏制发展，不是容许消极人生观。

在江苏南通，“莫文隋”家喻户晓，但汤淳渊这个名字，知道的人却不多。1995年3月，就读于原南通工学院的女生石洪英遭遇不幸，多病的寡母不幸去世，使她失去了唯一的生活依靠。不久，她便收到一个署名“莫文隋”的人寄来的100元汇款，汇款单附言“生活补助费”，地址为南通市“工农路555号”。从此，“莫文隋”每月都要给石洪英寄去100元钱，直至完成学业，汇款单上也总有“要好好学习”“成为一个对国家有用之人”等简短话语。石洪英满怀感激之情几次踏访工农路，发现并不存在“555”号，当然也无法见到“莫文隋”其人。大家才明白：“555”号其实就是“无无无”号。“莫文隋”则是“莫问谁”的谐音，其意显然是“但收关爱之情，不必问我是谁”。她通过学校广播站寻访这位雪中送炭、同时也给她送来无限希望的好人，还试图从邮局觅得线索，都一无所获。原南通工学院学生处也收到了“莫文隋”寄来的1000元汇款，并附信请学校从家

工农路555号

住苏北的特困生中选一人，“每人每月发给100元，作为生活补贴”。

南通当地媒体报道了这两个感人的故事，同时发动了在全市寻找莫文隋的活动，城市中张贴着“莫文隋，你在哪里”的大幅海报，唤起了全民争相学习、效仿“莫文隋”的热潮——汇款给社会福利院的“魏群（为群）”，多次向慈善机构捐出善款的“关辛（关心）”，默默关爱患病少年的“吴铭（无名）”，还有“卫英才（为英才）”“任有琴（人有情）”……一个人带动了一群人、一座城，“好人文化”在南通引发“滚雪球”效应。当“莫文隋”成为亿万群众瞩目的新闻人物时，各类表彰大会领奖时总是缺少“莫文隋”的身影。多年来，汤淳渊坚持不接受媒体拍照、采访的原则，不愿在媒体面前露面，他认为：“我做的是一件很平常的事情，别人有困难，我就去帮助他。”

直到2008年举办北京奥运会，汤淳渊得知奥运圣火将在南通传递，决定申请担任火炬手，他的形象才出现在电视屏幕上。南通大学离退处的工作人员介绍，去世之前，汤淳渊老人患上重度肌无力症，住进了医院重症监护病房，但他每个月仍然坚持从工资中拿出400元捐给莫文隋基金，即便他的身体已不能动弹也无法说话，但从他听到志愿者工作时流露出的热切眼神，依旧能够感受到老人对于公益慈善事业的关心与热爱。汤淳渊老人走了，“莫文隋”精神却永远留在了江海大地。南通大学莫文隋志愿者从最初的 1 个人发展为 2.7 万人，累计开展志愿服务 4000 余项，参与人数近 50 万人，南通大学莫文隋志愿者志愿服务时长在打卡器 App 上的统计记载为 520918 小时，名列全国第一。南通市江海志愿者由最初的 34 人发展为 120 万多人，江海志愿者服务平台等总计发布志愿服务活动超过 3 万个，总时长超过 2300 万小时，全市登记在册的志愿服务组织近 5000 个……近年来，在省级以上志愿服务评选中，南通有 30 多个组织、50 多个项目、100 余名个人上榜，全国领先。

莫文隋的精神发展成南通精神，一个好人带出了数万个好人，建设出一座“好人城市”。它给我们的启发是什么？至少有这样几点：一是首先要当一个自俭的人，才有可能腾出一只手搀扶别人；二是节俭自身的消耗，反而放大了自己的社会能量，你伸出一只手，他伸出一只手，社会就多了无数双关爱的手。所以，自俭也是高尚与美德的基础，是初心的重要根基。总之，我们不是给自己的付出做减法。懒惰和无为，不能成为自俭的借口。一个毫不付出、对社会没有任何贡献的人，再怎么“极简”，都是对自然、对他人、对社会的一种耗损。这当然不是人类的积极本愿和善良本真。

时不我待，唯有奋力

初心体现在“自致”中——在实现人生目标的道路上，我们不能懈怠，慵懒的人是不可能做成事业的，只会一生碌碌无为。世界上没有等、靠、要就取得成功的事业。

有个成语叫杞人忧天，可我从来没觉得这是一个笑话。在中学时，我参加全国 21 城市哲学经济学小作文竞赛，获奖作文就叫《“杞人忧天”又何妨》，说的就是小到个人、大到国家，都要有紧迫感、危机感，竭尽全力去做好每一件事，我们必须生于忧患。这个观念引起了专家评委们的共鸣，我获得了一等奖。

有这样一个故事：

1952 年 7 月 4 日清晨，加利福尼亚海岸笼罩在浓

雾中，海岸以西21英里（约34千米）的卡塔林纳岛上，34岁的弗罗伦丝·查德威克涉水下到太平洋中，游向加州海岸。假如成功了，她就是第一个游过这个海峡的女性。那天凌晨，雾很大，连护送的船都几乎看不到她的身影。时间一分一秒地过去，千千万万的人在电视机前观看。有几次，鲨鱼靠近了她，被人开枪吓跑，她依然在游。15个钟头后，她又累又冷，浑身发麻。她觉得自己不能再游了，就叫人拉她上船。她的母亲和教练在另一条船上，告知她海岸很近了，叫她不要放弃。但她朝加州海岸看去，除了浓雾外，什么也看不到。她感到没有必要再坚持了。人们惋惜地把她拉上船，这时候她才看到，原来大家都没有骗她，她确实距离目标已经很近、很近了。只要再坚持一会儿，她就能实现壮举！

这个故事告诉我们什么呢？竭尽全力是我们迈向成功目标所必需的条件。凡是对自己的努力和付出有所保留的，都是在为失败埋下祸根。

我们常说，要争取“前五名”，可其实我们并不能只像第五名那样努力，而应该像第一名那样努力，甚至比第一名更努力，只有这样才有可能实现跻身前五名的目标。因为我们在努力时，别人不可能歇着或等待，更别说我们与别人之间还有差距需要弥补呢。

我们都知道，中国女排已经成为一种民族精神的象征，这种象征意义不仅是她们拿到很多次世界冠军，而是如女排前主力队员、后任女排教练的郎平所说："女排精神不是赢得冠军，而是有时候明知道不会赢，也会竭尽全力。你一路即使走得摇摇晃晃，但依然坚持站起来抖抖身上的尘土，眼中充满坚定。"是啊，真正让我们为女排骄傲的，不是一直胜利，而是尽心尽力，从不放弃。就如同有一届世锦赛半决赛中国队对意大利开赛前，郎平说的那句话——"大家心中要有定力，不管遇到什么困难都要坚定不移地相信自己，只要有 1% 的希望就要尽到 100% 的努力。哪怕我今天 0：3 输给你，哪怕我 19：24 落后还剩 1 分，我说我们都要争取这 1 分。"

对我们学生来说，面对繁重的学业和考试压力，哪怕这次考试没有考好，你也会加油学习，相信自己下次一定能够进步；如果你已经是一个学霸，也不能因此躺在成绩簿上，而是要再接再厉，更上一层楼。在讨论女排精神时，有一个中学老师说过一句话，我特别喜欢。她说，某种程度上，我们是女排的观众，看着她们赛场内外的人生故事，为她们而欢欣鼓舞，但我们何尝不是自己的观众，一样需要努力，一样要面对竞争，一样需要为了更好的未来而奋斗？

为她们加油，就是为自己呐喊。做最好的自己，就是英雄。

中华民族从来都是一个奋力不懈的民族，我们的祖先也为我们做出了榜样。《史记·孔子世家》记载孔子的勤奋刻苦，说："孔子晚而喜《易》……读《易》，韦编三绝。曰：'假我数年，若是，我于《易》则彬彬矣。'"春秋时期的书，主要是在以竹子为原料的一根根竹简上写字，多则几十个字，少则八九个字。一部书要用许多竹简，通过牢固的绳子之类的东西按次序编连起来才最后成书，便于阅读。通常，用丝线编连的叫"丝编"，用麻绳编连的叫"绳编"，用熟牛皮绳编连的叫"韦编"，其中熟牛皮绳最为结实。像《周易》这样厚重的书，当然是由许许多多竹简通过熟牛皮绳编连起来的。孔子"晚年喜《易》"，花了很大的精力，反反复复把《周易》全部读了许多遍，又附注了许多内容，不知翻开来又卷回去地阅读了多少遍。通常认为，孔子这样读来读去，把串连竹简的牛皮带子都给磨断了几次，不得不多次换上新的再使用。

即使读书读到了这样的地步，孔子还说：“假如让我多活几年，我就可以完全掌握《周易》的文与质了。”“韦编三绝”是说孔子读《周易》的次数之多，竟把编联简册的编绳翻断了多次，后就用来形容读书勤奋，刻苦治学。

古今中外，杰出人物无不如此。你辛辛苦苦一生，也才有可能在某个领域超越别人一步。你稍有松懈，当然很快落伍。唯有奋力，方能与时俱进。这也是初心的必要精神。

抱持一颗自厉之心

《三国志·诸葛亮传》里谈诸葛亮的抱负，“至於吏不容奸，人怀自厉，道不拾遗，强不侵弱，风化肃然也。”自厉是古代士大夫抱持的情怀，也是历代成功人士的初心要领。作为青少年，同学们也要学习先人，培养自厉的意识和习惯，切不能鼠目寸光，对眼前小利动心。

作为祖国未来的栋梁，我们该怎么做呢？让我们从古训中获得启发：“古之欲明明德于天下者，先治其国；欲治其国者，先齐其家；欲齐其家者，先修其身；欲修其身者，先正其心……心正而后身修，身修而后家齐，家齐而后国治，国治而后天下平。”这是自古以来，士大夫阶层对自我的要求。那些要使美德彰明于天下的人，要先治理好他的国家；要治理好国家

的人，要先安顿好自己的小家；要安顿好小家的人，要先修养自身的言行；要修养自身言行的人，要先端正好自己的思想与内心……思想和内心端正了，然后自我修养完善；自我修养完善了，然后家庭安顿而有序；家庭安顿好了，然后国家才能安定繁荣；国家安定繁荣了，天下太平了，才能心安理得地与百姓同享富强盛世。这是几千年来无数社会精英的至高理想，也应成为新时代青少年初心的格局。

现在有一句流行语“对自己狠一点”，是把“自厉”翻译得很好的符合当代人传播习惯的自我管束、自我激励的佳句。用严厉的规范，让我们过好每一天、做好每一天，做好人、做正事，自己当自己的黑脸管家。同时，为自己确定远大的人生目标，不能临阵却步、见难逃避，更不能锁定在视野狭窄的小路上，自我满足，贪图安逸，不求上进。

著名化学家格林尼亚教授，曾走过一段曲折的道路。少年时期，由于家境优裕，加上父母的溺爱，他没有理想、没有志气，整天游荡。可是好景不长，几年后他家彻底破产，一贫如洗，昔日的朋友都离他而去，甚至连女友也当众羞辱他。从此，他醒悟了，开始发愤读书，立志追回被浪费的时间。9年后，他研制出格氏试剂，获得了诺贝尔化学奖。爱迪生出身低微、生活贫困，他的“学历”是一生只上过 3 个月的小学，老师因为总被他古怪的问题问得张口结舌，竟然当着他母亲的面说他是个傻瓜，将来不会有什么出息。爱迪生虽未受过良好的学校教育，但凭个人奋斗和非凡才智，自信、自强、自立，获得巨大成功。他自学成才，以坚忍不拔的毅力、罕有的热情和精力从千万次的失败中站了起来，克服了数不清的困难，成为著名的发明家、企业家。他发明自动电报发电机、留声机，实验并改进了电灯（白炽灯）和电话。在他的一生中，平均每 15 天就有一项新发明，他因此被誉为“发明大王”。“人民的好书记”、兰考县原县委书记焦裕禄，带领群众治沙种树，改变贫困面貌，工作过程中发现自己患上肝病，经常肝区疼痛。为了不影响工作，他咬牙坚持，有时候实在剧痛难忍，就拿一个硬物顶在藤椅与肝区之间。2018 年，我应邀去兰考焦裕禄干部学院讲学，在焦裕禄同志纪念馆亲眼看到了那把藤椅，侧面被顶出了一个大洞。焦裕禄以坚忍的意志，完成了治沙植树工作，今天的兰考绿树成荫，他的伟大自厉，造福一方水土，惠及子孙万代。这些了不起的人物，在取得成功的道路上，无一例外遇到风风雨雨的考验，有的是身体考验，有的是家庭不幸的命运考验，有的是身心的麻痹考验，但他们都经受住了严酷的考验，最终实现了人生的远大抱负。

孟子曰："仁，人心也；义，人路也。舍其路而弗由，放其心而不知求，哀哉！人有鸡犬放，则知求之；有放心而不知求。学问之道无他，求其放心而已矣。"这句话的意思是：仁是人的本心，义是人的大道。放弃了大道不走，失去了本心而不知道寻求，真是悲哀啊！有的人，鸡犬丢失了倒要赶紧去找回来，本心失去了却不知寻求。学问之道没有别的什么，不过就是把那丢失了的本心找回来罢了。大家细思一下，做人之道，何尝不是如此呢？不要生活在蝇营苟利里，愿生活在新时代的我们，每一天都敞开怀抱迎接曙光、沐浴春风，更重要的是，不要忘记抱持一颗自厉之心！

自由，让初心飞翔

匈牙利诗人裴多菲有一首广为传诵的诗歌《自由与爱情》："生命诚可贵，爱情价更高。若为自由故，两者皆可抛。"自由是人类精神财富中最宝贵的塔尖，人人向往。一个民族的自由其实就是自主，一个个体的自由，细细看，内涵很深。可以肯定的是，自由无形，自由无利，自由不是物质，自由是一种状态怡然的心灵感受。中国人喜欢说"境由心生"，自由的境界很大程度上也是从内心获得的。

我们追求的自由，起步就是两份自由，自己所处的社会的自由和自己个人的自由。社会自由的获得，来自受压迫者的革命斗争取得的胜利，来自国家的独立自治，民族的自主自立；个人自由，来自自我欲望的斗争取得的胜利。所以，当内心的

自律成为一种习惯、一种品性，牢牢地限制住欲望的野马后，真正的自由也才开始纵横驰骋。某种程度上讲，自由是自我修炼的结果，而绝对不是自我放纵的获得。自我放纵，必然冒犯自然、冒犯他人、冒犯社会，成为一种必须受到自然、他人、社会惩戒的“不自由”。

心灵自由不自由，对人的潜力影响巨大。500年前，瑞士钟表大师布克曾指出：雄伟而又无比精致的金字塔，不可能是由奴隶们建造出来的，带着人身枷锁、充满心灵困苦的人，是无法完成这样的伟大工程的。金字塔是由一群快乐、虔诚和充满想象力的自由工匠创建的！布克突破常识的判断，后来得到一些科学家的认可，它来自布克本人的一个经历：他曾经因触犯宗教禁忌而被捕入狱。服刑期间，监狱方得知他是钟表大师，就准备好好利用他，让他在狱中制作出一批精良的钟表。可不管怎么努力，他在狱中都没能制作出日误差低于十分之一秒的钟表，而在服刑前，他正是以误差绝对达到此标准成为闻名瑞士的钟表大师的。出狱后，他又能轻松达到这个水平。他回想自己在狱中时，绝对没有怠慢工作，甚至为了立功还比在外面更努力，然而，就是达不到自由人状态下的水平。他感慨道：坐在那里做钟表这样的精密仪器，必须长时间聚精会神，不能有半点散漫，说到底就是身体要绝对不自由，所以对一个钟表匠来说，坐牢对身体的自由的束缚，看起来甚至更有好处。但坐牢失去的最重要的自由，是一颗心的自由。布克自身的经历证明，没有自由的心就没有创造的活力。

这是自由最珍贵的真谛：真正的自由是心的自由。

然而，要获得自由，先得建立自由之心；要建立自由之心，先建立规矩之心，先盘点自己到底心存多少规矩。酷爱自由的我们，得有这份自由的自悟、自律、自觉。

有这样一则寓言：

> 玻璃抱怨窗框的束缚，总想着要挣脱它。有一天，它终于如愿了，但没有想到，刚离开窗框就掉到地上，“哗啦”一声摔成了碎片。

这则寓言生动地说明，人生在世，总要受某种社会规范的制约。自由不是摆脱任何限制和约束、想做什么就做什么，而是有限制和条件的，这个限制和条件就是法律和道德。一个人只有习惯在法律和道德的要求和规范下做事，才能真正享有工作的自由、生活的自由、做人的自由。畅销书《高效能人士的七个习惯》中说："不自律的人就是情欲、欲望和感情的奴隶。"消耗了多少卡的热量才有自由吃一块小蛋糕，在该学习的时候取得了很好的成绩才有自由选择想去的学校，在正确的时间做完了工作才有自由选择下班后放松地喝一杯咖啡。反之，每一次考试前的突击都是由于平常不自律，因为平常没有好好学习，所以没有可以不复习的自由，在学霸可以安心早睡的时候自己只能在那里临时抱佛脚。这倒是别人自由着，你却不自由了。

由此可见，自律是解决自由问题的最主要工具，也是消除人生失控滑坡的最重要的方法。自律能让一个人在365天成长为更好的自己。自律和自由之间的关系，就好比风筝和线，看似线在束缚着风筝，实际上正是因为有了这根线，风筝才能飞翔，离了线的风筝只能坠落。

自律者更成功。斯坦福大学心理学教授米歇尔曾召集数百名4岁大的幼童，把他们留在一个房间里，并告诉他们："我给你一颗棉花糖，然后给你15分钟。如果我回来的时候这颗棉花糖还在这儿，你会再得到一颗，这样你就会有两颗。"结果发现，关门期间，三分之二的孩子把棉花糖吃了。

14 年后，米歇尔对这群已经 18 岁的孩子展开了后续研究，结果发现：那些几乎不能等待的孩子，都比较自大，在他人眼里是顽固、爱嫉妒、容易受挫的人；而那些能够管住自己直到实验人员回来才吃棉花糖的孩子，则具有更好的社交技巧、更强的社会竞争力和可靠性，他们更坚定、更守信、学术成绩也更好。自律的人，因为能看到长远价值，而选择牺牲部分的短期价值，从而更能掌控自己的人生。

自由之心也是自律之心，自由自律才是初心。

第五辑 品格篇

有雅好，知荣耻，建立初心，就要从小处做起，自爱重要，担当“他爱”更重要。了解人性的优势，也知道人性的薄弱，警惕自私自利吞噬人性的健康。社会关乎你我他，爱关人人，人人有爱。让“小我”焕发大爱，自然人人得“他爱”，他爱即成大爱。

培植雅好

我曾读到一句古语，翻译一下就是，当一所房子长久无人居住，荒芜之后，屋子里便会充满阴戾之气。一个人的内心世界就犹如这样一座房子，如果缺少正能量，也没有雅好可寄托，就会变得空虚，各种负能量的癖好甚至恶念就会乘虚而入。

中国古代很多官员都擅长舞文弄墨、以棋博弈、比文斗彩、琴瑟和鸣、铿锵卓韵，至于斗酒、博彩，那些都是民间俗好，也是江湖恶习。历代明君都会严整官场风气，对民间的流弊亦会打压。而我们现在社会中的一些成人，除了升官和发财，对其他正当的事物却没了兴趣，心灵世界一片荒芜。慢慢地，他们的心中就会生长出怪癖。例如，一个模范学校的校长喜欢买假公章，先是因为办事所需，后觉得“好玩”，业余时间沉迷于此，几年内刻了两百多个假公章，并用这些章去办公事，每办成一件，心里都会产生一种冒险成功的满足；一个银行经理迷上网游，充值数额巨大，还动到了客户的存款。一个大学“学霸”，从不参加集体活动，在别人眼中，他唯一的爱好就是“学习”——一开始确实如此，可后来他迷上了盗窃，每天晚自修潜入他人宿舍偷东西。大学几年，这个“学霸”竟偷了五百多件东西，这些东西中没有一件是他真正需要的，而且这个“学霸”家中富有，他并非因为缺吃少穿盗窃，而是将盗窃当作“爱好”，并积累成了大恶之癖……

人的心窝是一个无底洞，进取心、事业心固然能填补个大概，但总会有些空隙留在那儿，等待着我们继续填补。我们要从初心出发，扪心自问，究竟有哪些真正高雅有趣的爱好，能愉悦自己的心灵，并能为他人和社会带来一些正能量？作为新时代的青少年，同学们更有责任从小培植一两个雅好，作为点缀人生的珍宝，以此来填补我们人生的空隙！

苏轼是千百年来官员和文人的精神偶像，他不但品格高尚，才华横溢，还极其富有情趣。可以说，他的品格、才华和情趣之间也是相辅相成、相得益彰的关系。比如，除了琴棋书画，

苏轼还是一位地地道道的美食家，宋人笔记小说有许多苏轼发明美食的记载。著名的东坡肉就是他发明而得名的，已经成为一道经典名菜。但东坡肉不仅仅是因为美味得名而流传，更因为赋予了很深的美情美德，才不朽的。苏轼任职杭州府时，元祐五年（公元1090年）五六月间，浙西大雨，太湖泛滥。苏轼指挥疏浚西湖，筑苏堤。杭州百姓为感谢他，过年时，大家就抬猪担酒来给他拜年。苏轼指点家人将猪肉切成方块，烧得红酥，然后分送给大家吃，这就是东坡肉的由来。你看，大家喜欢东坡肉，说到底是喜欢东坡的人品，吃的是一份情分、一份感动、一份崇敬。

苏轼有太多的美情雅趣，以至于他成为史上做人做官的品格高峰。苏轼作为一个文化大咖和地方大员，如果想享受那些低级趣味，是唾手可得的。但他丝毫没有被世俗动摇，用现在的话说，他是“五毒不浸”。有个他的趣事，说在黄州做官时，苏轼与金山寺主持佛印禅师是相处亲密的好友。苏轼把自己得意的一首诗拿给禅师看：“稽首天中天，毫光照大千。八风吹不动，端坐紫金莲。”本以为禅师会照例评点夸奖几句，没想到禅师竟然拿起毛笔，写下“放屁”二字。东坡见后费解又郁闷。禅师笑着解读：“学士，学士，您不是‘八风吹不动’了吗，怎又一‘屁’就打过了江？”原来，禅师的真正意图是说苏轼“八风吹不动”，也就是说苏轼你自有自己稳固充实的内心，你高雅的情趣，使得任何外在的风吹也吹不倒你，八种风囊括了称、讥、毁、誉、利、衰、苦、乐。这才是一种“禅”的境界。

苏轼这才恍然大悟。

现代社会中，每个家庭对自己孩子的成长都是非常重视的。除了提高生活条件，许多家长也重视提高孩子的生活品位。那么，有品位的生活来自哪里呢？显而易见，更多的是来自孩子的兴趣、爱好。好的兴趣和爱好可以成为青少年向上的精神支柱。在这种支柱的支配下，他们会感到生活充实和感受人世间的美好，会产生一系列积极的情绪体验，继而促进他们热爱生活、建设生活。兴趣和爱好，可以开发智力，培养观察力、思维力、想象力、注意力和意志力，促其成才；有助于调节情绪，培养心理素质，克服各种各样的困难和险境。从许多名人成功的例子中我们不难看出，他们之所以能成功，大多数都是由好的兴趣引导，继而不断地追求并为之奋斗。

雅趣也是恶习的天敌。一个培养了高雅情趣的人，很难再被不良嗜好沾染。这就像一个环境里挤满了正义之士，流氓恶棍就不会轻易闯入这样的环境来找抽。因为邪恶无从下手，没法生根。只有在混杂浑浊的环境里，坏人才能够得到掩护，乘虚而入，找到舞台。

雅好，是帮我们保持纯洁、坚固初心的一道防火墙。

知耻识荣，摆正位置

“我爸是李刚”已“流行”了好几年，成了网友嘲讽跋扈“官二代”的经典语录。这源于一次血的教训：2010 年 10 月 16 日晚 21 时 40 分许，在河北大学新区超市前，一辆黑色轿车将两名女生撞出数米远，被撞的其中一名女生抢救无效死亡，另一名重伤。肇事者李启铭在被拦下后不但没有关心伤者，态度冷漠，还口出狂言，“有本事你们告去，我爸是李刚！”后经了解证实，李启铭的父亲李刚是保定市某公安分局副局长。

回想起这件事，相信很多同学都跟我一样会笑不出声，心中涌动着的是深深的愤怒与伤感——许多人的学历和身份地位是提高了，可荣辱观、从政观却停留在封建恶俗的陈腐世界里。

封建式官僚对自己的身份有一个基本设定：威风是身份的属性，权势高于一切。而现在仍有一些国家公职人员以“官老爷”自居，许多所谓的“官二代”也仿佛被父辈或祖辈赋予了虚无的优越感，这对社会风气有着极大的负面影响，甚至就有一年级小学生在写“我的理想”主题作文时写到“想做贪官”，这种价值观畸形到了何种地步？值得我们每个人深思。

当代社会，我国公职人员的定位应为“公仆”，“为人民服务”是国家公职人员的天职。“人民当家做主”不是一句套话、空话，而是悬在公职人员头顶上的利剑，随时斩断可能滋生出的官僚威风。唯有如此，公职人员的孩子们才能在父辈或祖辈榜样的示范下，怀揣一颗平常心，真正将自己跟其他同学放在同一个位置上，甚至更要以父辈、祖辈的功劳和业绩来警醒自己，继承优良家风，继续奋发努力。

官位本身是一个职业、一份公差，没有什么对错。立志长大之后成为一方干部，建功立业，应该是不错的理想。关键当官的荣誉你要弄清楚，自古有“当官不为民做主、不如回家卖红薯”的说法，如今有当官要为民服务的要求，这差不多是一个意思，就是以人民的事业为重，而不是用公权谋取私利，也不是用干部身份彰显荣耀，逞威风来的。能不能大公无私，决定着是荣是耻。所以，要立志从政，一定要早早断了升官发财、光宗耀祖的庸俗念头，做好全心全意为人民服务的心理准备和品格预备，才有资格奔向从政的人生。

从小爱开始行动

老子说："圣人无常心，以百姓心为心。善者，吾善之；不善者，吾亦善之，德善。信者，吾信之；不信者，吾亦信之，德信。圣人在天下惵惵，为天下浑其心，百姓皆注其耳目，圣人皆孩之。"意思是说，圣人常常是没有私心的，以百姓的心为自己的心。对于善良的人，我善待他；对于不善良的人，我也善待他，这样就可以得到善良了，从而使人人向善。对于守信的人，我信任他；对于不守信的人，我也信任他，这样就可以得到诚信了，从而使人人守信。有道的圣人在其位，收敛自己的欲望，使天下的心思归于浑朴。百姓都专注于自己的耳目聪明，有道的人使他们都回到婴孩般纯朴的状态。

由此可见，圣人不光自己保持着初心，他的初心还感染着百姓。作为新时代的青少年，我们也应以圣人为榜样，“卸载”小我和自私，试着从小爱开始行动。

小爱应从自爱起步。累了，给自己一个蒙头大睡的机会；渴了，为自己泡一杯热茶；烦恼了，躲进自己的一隅自愈……这些都是日常自爱的点滴。但真正的自爱还远不止于此，而应当是努力让自己的生活充满快乐与雅趣。

作为青少年，我们的小爱可以从家人开始，从关怀身边人做起。爱家人的最好方式便是陪伴。虽然我们还年少，似乎有着大把的机会在“未来”去拥抱、回报家人，可都不如从现在开始，长久地给予家人无私的爱——爱并不是单向流淌的，我们在感受父母之爱、亲人之情、师生之恩的同时，也要将自己的真心化作行动，让家人、让同学、让老师和更多的人，也能同样体验爱的美妙与温暖。

从小爱起步，我们要逐步培养大爱之心，大爱之心才是真正的初心。古今中外，值得人们称颂、激励人们前进的，当然是大爱。大爱首先是他爱，能把对自己和对自己家人的爱用到他人身上去，如先人所说“老吾老以及人之老，幼吾幼以及人之幼”。进而是爱人民、爱祖国。“为了国家的利益，使自己的一生变为有用的一生，纵然只能效绵薄之力，我也会热血沸

腾。”俄国作家果戈理告诉我们，能够调动我们崇高激情的爱，是为了国家利益而奋斗终生。“祖国，我永远忠于你，为你献身，用我的琴声永远为你歌唱和战斗。”音乐家肖邦这样称颂大爱。同样伟大的中国音乐家冼星海则与肖邦不约而同呼唤这种大爱：“我有我的人格良心，不是钱能买的。我的音乐，要献给祖国，献给劳动人民大众，为挽救民族危机服务。”

最后，我很想用把一生奉献给救助穷人的世界著名天主教慈善工作者特蕾莎修女几句人生信条，与年轻人共勉：

> 你今天做的善事，人们往往明天就会忘记
>
> 不管怎样，你还是要做善事
>
> 即使把你最好的东西给了这个世界，也许这些东西永远都不够
>
> 不管怎样，把你最好的东西给这个世界

我的理解，什么是好的东西？当然是爱。什么是特蕾莎修女所说的最好的东西？当然是可以给予这个世界的大爱！

“他爱”犹如钻石

一个人只能自爱、有小爱还远远不够，还必须有更博大的“他爱”，对于青少年来说也是如此。“他爱”犹如钻石，能让我们的人格魅力闪烁光华。

一个有他爱之心的人，走到哪儿，都是一阵化雨的春风。但当你想突破自爱，走出小爱的藩篱时，就会面临一场心灵的拷问：你是否愿意真诚地付出，不去过多地计较回报？你的爱、我的爱、他的爱，会像春风推动云层，云层化成甘霖，细雨滋润大地，大家只为那蓬勃破土的生命茁壮成长，而从未算计每一个环节的付出与回报，世界因此才有了美好的轮回。否则，你只能退回小家，甚至退回小我世界中，抱残守缺、自怜自艾。

当我们走出小我之爱，实现小家之爱，完善他爱之爱，我们才能切身感受到大爱如山。

特蕾莎修女身材矮小、孑然一身，她把全部的爱献给世界各地的贫民孤儿。她曾说："人类最可怕的不是居无定所、贫病交加，而是心无所属、无爱无情。"她被称为"人间圣母"，她爱人人，人人也爱她。她看上去那么弱小，但她以拯救天下弱小为己任，用大爱赢得了世界。相反，路易十五权倾几十万平方千米的土地，但他醉生梦死，冷漠无情，他曾说："我死后，哪管天下洪水滔滔？"最终他被钉在了十字架上。他看上去如此强大，却以那强大去博一己私欲，用自私毁掉了自己的人生和大好江山，"洪水"比死亡来得更早，将他彻底打翻在地。

最大的初心，是天下为公。它是藏在善者心中的圣光，汇聚成人类天空的"太阳"。愿我们每一位青少年都能怀揣初心，大爱天下！若能如此，我们的未来便会有别样的美好。

古人说："滴水之恩，须当涌泉相报。"大爱是一种处世哲学，也是一种生活智慧。大爱是中华民族的优良传统，是不可或缺的品质。中华民族是具有优良关爱传统的。孔融 4 岁让梨于弟，体现的是兄弟之间的关爱；黄香 9 岁温席于母，体现的是晚辈对长辈的关爱；孟母断杼三迁择居，体现的是母亲对孩子的关爱；范仲淹"先天下之忧而忧，后天下之乐而乐"，体

现的是对天下人的关爱。屈原为了国家，投身汨罗江；林则徐火烧鸦片拒国门，流放边疆仍然心系人民，开沟挖渠造福西域；无数共产党人抗日寇抛头颅洒鲜血救国救民，这些体现的都是对国家和民族的大爱。在我们今天社会“一方有难，八方支援”的种种善举，体现的是人与人之间的关爱。一篇文章说得好：从古至今，关爱始终是人们崇尚的美德，是人们维系家庭和美，维系社会和谐的一根纽带和缆绳。可以说，人类的文明进步与关爱是紧密相连的，什么时候离开了关爱，社会的发展就难以继续，秩序就会出现混乱。

大爱，是初心的光芒。

试着去了解人心与人性

初心走失，是欲望绑架的结果，但这并不是说初心与欲望是对立的。拥有适度的欲望，是正常的人性。人们生活、奋斗，或多或少是为了满足自身的一些欲望，这本无罪。但我们需要把握两个关键：首先，欲望的边界必须控制在合情合理合法的范围内。古人曰：“鱼，我所欲也；熊掌，亦我所欲也。二者不可得兼，舍鱼而取熊掌者也。”这就是古人关于欲望的思考。懂得“取”，体现了人的智商，而“舍”更是智商与情商的有机融合，是更为高级的生活态度。其次，实施欲望的手段必须是正当的。古人也说过，君子爱财，取之有道。这个“道”便是说实现欲望的手段必须符合正当的法理。

“君子去仁，恶乎成名？”警示过后，孔子进一步指出，只有君子才配享有合法而安全的富贵，而君子的资格，就是“仁德之心”。那么，新时代的我们怎么才能修炼内心、优化个性，达到孔子所说的“君子”的境界呢？我认为，首先得认识和理解人心的复杂。

古今中外，思想家试图用具有普遍性的人性揭示来对人的根本性进行探究，但从来没有获得统一认识，而是因不同的民族、不同的文化，解读出不同的人性。如西方更多认同“人性本恶”，而东方更多认同“人性本善”；同是中华民族的先祖，东周的思想家告子认为人性无所谓善恶，中性而已，而孟子则认为中性非本性，人性的本性就是善性……

如果想对人心与人性有进一步的了解、理解和探究，不妨利用课余时间，对这些思想体系做更详尽的解读。在解读的同时，同学们也可以观察一下，基于这些认识而形成的社会构架与管理的各有千秋的文化基因。了解人性认识的探索过程，也是了解自我性的过程。人认识了本我，才会认识他人和社会，才能建立正确的世界观和人生观。但不管古今中外对人心的判断如何，对人性的探讨如何，有一点是肯定的，这就是，人心是可以净化的，人性是可以优化的，人心人性不是铁板一块。所以，我们要善于管理和修养自己，努力使自己的人心美好，努力使自我的人性升华。你的内在美好了，心化为行，你的行为才会美好，播种美好，自己也才能收获美好。人生，世界，就是这样从人人美好的努力中形成的。

去吧，关注人心，了解人性，用善、用爱干预自我，影响他人，改造社会，建设世界。这难道不是人类共同的初心？

第六辑 博采篇

没有天生聪明、开悟的童年，我们往往都是从懵懂中启程。作家的童年也有过迷茫和曲折，但领得初心教诲，终得心境透亮。那些初心的美好故事，历久弥新，照亮了我们一代代人的前程。情、趣、哲理、生命——美文有采，美心无价。

下面讲述的故事都是发生在我成长过程中的故事，基本上都是我的耳闻目睹、亲身经历，它们忠实传达着我的初心启蒙和发育，承载着父辈满满的正能量。现在的我急切地要与今天的青少年朋友分享的“财富”——我经常这样描述：祖先留给华夏子孙的遗产，不是金山银山，而是愚公移山。金山银山，总有用完的一天；愚公移山，从来没有从我们的文化中消失，而是成为世世相传、代代共勉的经典。所以，我们打着小算盘，去盘点祖产，还不如翻开经典，多读几句祖训。

启蒙墙

我们这一代人童年成长的环境里，最重要的教化，就是明辨是非，识别好人坏人。一个孩子被大人抱在怀里时，就被反复启蒙这方面的智慧。我小时候，家里有三间瓦房，中堂两侧的隔墙上，会张贴许多的东西用来美化环境。这些墙壁，其实就相当于一个家庭的海报宣传墙，也是一个家庭里，孩子成长的最亲切的文化教材。尤其是每年春节来临的时候，墙上都会增加一些新的内容。这个时候，大人就会抱着孩子，领读这些新内容。还会就着这些新老内容，考一考孩子的认知，究竟已经发展到哪一步了。

墙上的内容越来越丰富，我们就这样一天天、一年年长大。

我通过家里的墙壁，识字阅人，可以追溯到 20 世纪 70 年代中前期，两三岁上开始的。最先认识的字，是“光荣人家”四个字。我的小叔叔 18 岁去部队参军——那年那月，一个为国家培养了军人的家庭是光荣的——从此每年的新年除夕，县政府都会派人，敲锣打鼓送来一副“光荣人家”的门联。这副门联会被张贴在家里最显要的位置，它为我们这个大家庭带来荣誉和自信，也为成长的一代灌输了一种国家意识，这就是，一个人如果在保家卫国，不但他自己了不起，他的家庭也充满了荣誉感和成就感。个人，家庭，国家，三者是紧密相连、荣辱与共的。

我想，敲锣打鼓送达的一副门联，其实就是一个最朴素的优良家风弘扬，也是最有效的爱国主义教育的载体。两年

光荣人家
1
2
3
4

前，我曾在一份地方日报读到一位老兵的文章，记述自己的军人理想和家国情怀是如何形成的。这位名为江辉生的老兵写道：

光阴似箭，日月如梭。经过二十几年的军旅生涯，我逐渐理解了“光荣人家”的深刻含义，正如一首歌中所唱：“当兵为什么光荣？光荣因为责任重。”那年我参军入伍，离家前的那个夜晚，父母双亲与我聊了很多。母亲说：“你当了兵，咱家就是光荣家庭。这是荣誉，也是担当。光荣人家该做什么，不该做什么，你都要谨记在心。你当兵在外，我也不指望你光宗耀祖，只要能精忠报国，别给门前这块光荣牌抹黑就够了。”母亲的这番话，我牢牢地记在心里头，一直成为我做事的准则、做人的方向，直到现在，仍然是我不懈汲取前进动力的源泉。这些年，“光荣人家”所带来的荣誉和家庭处事的传统原则融合一起，潜移默化，代代相传，并逐渐形成了我们家的优良家风。也正是在这浓郁的家风熏陶下，这些年，我们家的亲戚中先后有 12 人曾从戎卫国。我相信，“光荣人家”

的荣誉已经融入我们家的家风，随着时代的发展，也为家风赋予了新的内涵。时光如流，流走了青春，流淡了记忆，许多事情随着时光的流逝而逐渐忘却，唯有挂在老家大门上的“光荣人家”的牌子还清晰地印在脑海里，历时愈久，记忆愈深。

这位老兵的文章让我非常感动，也万千感慨。一张小小门牌，塑造出了一个优秀的家族，精神的力量，多么恒久，多么无穷，多么具有穿透性。我们试想，如果当年“光荣人家”的设计者，送到军属家里的不是这样没有价格、只有价值的纸联或木牌，而是用现在很多人的思维方式，给军人家庭每年送两桶油几斤肉几百块钱的红包，我们今天还会为这既往而激动吗，还会觉得这是一份可以向一代一代人传达的荣誉吗？更多的，恐怕会是嫌政府小气，嫌柴米油盐太廉价，嫌红包的厚度太单薄了。若此，我们新中国，也许少了很多精忠报国的大家庭，多了很多斤斤计较的小人家。

除了“光荣人家”的门联，每年新年，我的父亲会买几套新的连环年画张贴在墙上。除夕贴好这些连环画，春节一大早就会抱着我，一张一张指示着给我讲解，红色娘子军是一个什么样的兵，少剑波是一个什么样的将，江水英是一个什么样的好干部，方海珍是一个什么样的好党员，焦裕禄是一个什么样的好书记，王进喜是一个什么样的好工人；日本为什么要欺凌中国，刁德一为什么要当走狗，红灯为什么特别亮，座山雕为什么特别横，钱守维为什么要在港口国际货运中搞破坏，黄国忠为什么要提前烧掉筑坝的柴草……在这些连环画中，我学会了辨别“好人”和“坏人”，懂得了好坏的标准界限，就是大公无私、帮助他人、热爱集体，与自私自利、冷漠无情、破坏集体的差别。现在想想，这些标准虽然不够深刻，甚至有些教条，不无时代局限性的痕迹，但不管在哪个时代，它是最基本的，也是正确而不可争议的。我们所表述好坏标准的普遍用词，是“真善美”和“假恶丑”，是完全可以与此对应的。只不过，那个时代的表述更具体一些，所用的词汇更具有时代特征，其内涵都是万变不离其宗的啊。再好看的皮囊，里面裹着一颗自私的心，都是丑的；再伪善的面容和溢美之词，都无法掩盖冷漠者的假和恶；小我第一，个人主义，没有集体意识、没有爱国之心的人，永远是灵魂卑琐的小人。这些，放到任何朝代任何地方，都不会过时，不会落伍。

有一年，父亲不再先给我讲解，而是指着新贴的连环画

《草原英雄小姐妹》问我，为什么龙梅和玉荣这两个小姐姐非常光荣，非常了不起。

《草原英雄小姐妹》讲的是内蒙古两个10岁左右的小姐妹，给生产队放羊时遭遇暴风雪，为不使生产队遭受损失，两个人始终追赶羊群，从白天到黑夜，坚守了20多个小时，直至晕倒在雪地里的故事。因为严重冻伤，两个人都做了不同程度的截肢。这个故事，家喻户晓，我们会听故事时起，就听了无数遍。父亲的问题，我好像回答的是，她们不是为自己，而是为公家吃苦牺牲，所以很了不起。那年我大概四五岁吧。这个答案让父亲当场兴高采烈，使劲亲我脏兮兮的小脸蛋，呵呵地用胡子扎我。他还到处夸耀我，说我人小心明亮，不是一般的聪明，不是一般的懂事，是棵好苗子。大概也是因了这个原因，他决定把我带在身边亲自教育、培养，以防在老家“自由放养”会耽误了他的“革命苗子”茁壮成长——父亲是一个正统的党员干部，学的是师范教育，在学校里担任学生团委副书记，后来响应国家号召，从师范学校主动下放到农村基层工作，在人民公社的一个单位里当负责人。

我也没有辜负父亲，没有辜负家里的那两面光荣墙。不久，我上学了，墙上每年又多了新的内容，就是我的各种奖状，优秀成绩的奖状，优秀少先队员的奖状，各种学科竞赛的奖状，各种好人好事的奖状。

这里，我还要再说一下关于这个影响了我们几代人成长的一个话絮。

几年前，我读到一篇报道，说多年来，草原英雄姐妹俩一直是各媒体关注的焦点，她们热情地接待每一位来访者，每个来访者都能感受到一个普通蒙古族妇女的赤诚和宽厚。曾有一位记者在呼和浩特采访玉荣时谈到《陪读夫人》里的一段故事：身居美国的母亲为了让儿子学汉语，讲起了《草原英雄小姐妹》的事迹，当儿子听到小姐妹为保护公社的羊被冻成重伤时，他突然发问："妈妈，她们这样做，公社会付给她们很多钱的，是吗？""我们老师说，没有一样工作不该没有报酬呀。"母亲沉思了很久，语重心长地告诉儿子："最好的奖励是，全国一代代小朋友都学习小姐妹的事迹，受到一种高尚精神的感染，为了国家的利益，个人牺牲一下是值得的。这种能塑造人心、提升民族品格的意义，能用区区几个钱买得到吗？"儿子最后明白了："世界上还有一种工作是不能计算报酬的。"听完记者的讲述，玉荣说："我记得当时一只羊的价钱是两块钱，384 只羊死了 3 只，等于损失了 6 块钱。可是为了这 6 块钱，我落下了终身残疾。”玉荣笑了笑说，“精神不能用金钱衡量。”

我补充这个话絮，更多的不是为了表达自己被小姐妹故事影响的意义，而是为了强调，那些影响了我们一代代的精神，当时是被大力倡导而成为风尚的，但几十年过去了，它们未必过时，甚至可以说，已经成为人类精神的经典。而且，这样的经典精神，在新时代，更加必要，更加急需。这些精神，融汇到我们中华民族的诸多优秀传统精神品格中，成为我们不断优化的基因，纯洁和壮大着我们的民族血脉。

大杠上

小时候，我有一片广阔的天地。这片天地，就在父亲的坐骑，每天迎风展霞、披星戴月，奔波在乡镇土路上的永久牌自行车的大杠上。

父亲那一代人，都有一辆心爱的自行车。永久、飞鸽、凤凰、长征，伴着他们越过千山万水，战胜坎坷泥泞，写就沧桑而厚重的人生。

在网上搜索“自行车的故事”，会有 200 多万条信息。随便挑几条点开，一半以上都是关于回忆。对自行车本身的回忆，主题里有几代人的奋斗与温情。而我的回忆，我的关于自行车的故事，不是自行车本身，而是具体到自行车上面承载的，是具体到自行车大杠上面发生的故事。

我从四五岁那次回答关于草原英雄小姐妹的故事问题，受到父亲的肯定之后，就被父亲带在身边，坐上了他那辆永久牌自行车的大杠。我不断成长，入学，个子越来越高，才从老永久缠满布条的大杠上下来，坐到车子的后座；再成长，学习，进入青春时代，以至到初中三年级，自己能骑车了，才真正从他的“永久”离开，开始了独立行走的人生道路。

在“永久”的路上，父亲总是喋喋不休地讲文章、说故事，解疑惑、明事理。在永久的大杠上，我对国家对民族、对世界对人类，逐渐有了认知，对文学有了热爱，对人生有了期望，对生活有了心仪。从社会，到自我，我的世界从点到面再到立体，再也不是那么懵懂那么单薄。

父亲的学生时代很辉煌，我每到一个年龄段，他都要提前讲他同龄时的故事。他讲自己学生时代为什么当上师范学校的团委副书记，一不是因为自己学习成绩有多好——父亲的功课成绩在学校只能算是名列中游；二不是因为自己有多能说会写——父亲的文采不错，但性格腼腆，不善辞令；三更不可能是因为自己跟老师跟校长书记关系有多好——父亲从小内向，不善交际。那个年代，连“公关”这个词都没有，搞关系上位绝对荒唐，几乎不可能存在。父亲是一个热心肠的善良青年，

本分守纪，乐于助人，别人有难，总是能在第一时间冲在前面；自己有难，却尽量自己解决，缄默不宣。他这样的品格，赢得老师和同学的推崇。他自己从未想过能当校学生团委副书记，就连班团支部委员这样的职务都没敢奢望过。当团委副书记，是一份意外的收获，但后来悟到了，很多意外里隐藏着自然。凡事需要别人认可和肯定，自己首先必须把它们做好。把人做好，把事情做好，应该是一个人起码的自我要求。达到这个要求了，才能有资格去获得别人的认可和给予。

父亲讲自己在他工作的小小单位是如何获得同事的信任，胜任单位党支部负责人的。父亲的单位是管乡镇区域的交通和运输工作的，他一年 365 天几乎天天到码头上去，跟工人们一起干活，好几次中暑晕倒抢救。单位有几支运输拖轮队，他每年都会亲自跟着运输拖轮出几趟江，天南海北，一出去就是几十天。我小时候跟着父亲住单位宿舍，父亲一出差就把我一个人扔下，我非常的孤独，一听到汽笛声就往单位后面的运河边跑，趴在桥栏上看是不是父亲单位的船队回来了。父亲从来不收别人一分钱好处，有一年单位里几位搬运工因私事跟别人打官司，这些事与组织无关，但父亲打抱不平，还是主动帮助这些工人，为他们起草申诉材料，最后帮他们赢得了官司。工人们很感激，小年夜提了几斤肉结伴来给父亲拜年，表达谢意。父亲笑哈哈收下了，然后把他们全留下来吃了一顿丰盛的小年夜饭，吃掉了他们带过来的肉，还“倒贴”了两条鲢鱼、好多菜和两瓶烧酒。

父亲在他的单位，人缘关系极好，大家真正尊重他、爱护他，也很敬畏他。父亲讲到，他也并非纯粹做老好人才得到这些的。单位里也有人很怕他，甚至恨他。有一支轮队队长是县里一位领导干部的亲戚，据说为人很张狂，每次船队经过内河，有鱼跳，他就命令停船捞鱼，捞到鱼就让船员们炖了给他改善伙食。有船员提意见，说这些鱼不可以捞，这是侵犯别人的财产行为。他勃然大怒，就变着法子整这位船员。没有人敢惹这位队长。父亲听说后，就跟这支轮队跑了一趟运输任务到盐城。有一天早上，船进了一条内河，哗啦一声一条大白鲢被螺旋桨搅昏头，蹦跳出水，落到了甲板上。那位队长来劲了，立即命令停船捞鱼。父亲赶忙上去制止，队长不听，说别傻了领导，不捞白不捞，一捞就走人，我们一直这样干，谁管得了我们！父亲一听，证实了传闻，上去严厉地批评那位队长，队长羞愧得跳进河里像落汤鸡一样爬上船，悔恨万分地说，再也不做这些没正经的事儿了，请求给其严厉处分。结束任务回到单位，父亲立即开会，把这位队长降了一级。有人替父亲担心，得罪县领导的亲戚，弄不好这小单位负责人都当不成。可父亲坚持原则。据说此事传到那位县领导耳里，县领导不但没有整父亲，还找父亲谈话，当面表扬父亲，并感谢父亲对自己不争气的亲戚的教育帮助。那时候的风气，那时候干部的心胸和格局，的确令人刮目相看。

父亲常说，你要当干部，就要习惯在精力上、在利益上，比别人多付出一些，而不是多得到一些。搞反了会出事，搞反了也就不是共产党的干部了。父亲会就着这个话题，讲党史。他说，共产党当年是非执政党，创立和斗争的年代，相当艰难，白手起家，要待遇，没有；处境险恶，要危险，随时随地出现。建党初期白色恐怖年代，有一年牺牲了 30 万人，可大家还是提着脑袋加入，继续干革命。这么强大的原动力，绝非来自解决一点个人的柴米油盐的眼前利益，绝对不是利益取舍的那点小境界，而是大情大义大信念，是为了推翻帝国主义、封建主义、官僚资本主义的“三座大山”，实现民族独立、人民解放、国家统一富强的伟大理想。起点很高，着眼点很大，不是为了个人利益，所以才得到拥护，才能在逆境中壮大。你看，一言一行，“三大纪律八项注意”；走村到户，缸满院净；

真正平均地权，为最弱势的贫困大众减租减息，牵挂千家万户的疾苦，所以获得老百姓的坚决支持。革命时期，老百姓才义无反顾地把“最后一块布、最后一缸米、最后一个儿子”交到党的手中。

父亲还讲了一个故事，说共产党当年对老百姓爱护，对自己的干部和士兵，要求却格外严厉。国民党的高级将军张灵甫，有好几位姨太太，有一次与其中的一位吵架，一怒之下，拔枪就击毙了这位姨太太。这事报告到国民党委员长蒋介石那里，蒋介石勃然大怒，大骂张灵甫夺亲人性命，心狠手辣，可恶无耻。但骂过之后，张灵甫并未受到应有的严厉惩罚，而是以暂时停职搪塞一番，不久又官复原职，一条人命的案子就这样不了了之。而同时期，在延安的共产党内部，也发生了一件类似的案件。一位红军战斗英雄、杀敌无数的团长黄克功，因感情纠纷、逼婚未遂，一冲动，在延河畔枪杀了陕北公学女学员刘茜。事件发生后，中共中央高度重视，在毛泽东的主持下召开会议，经过慎重讨论，决定将黄克功处以死刑。1937 年 10 月 12 日经陕甘宁边区高等法院判决死刑立即执行。这件事被称为“黄克功事件”。考虑到这位团长是战斗英雄，处理时有人建议开除出党，开除出军队，留一条小命。方案报示毛主席时，毛主席说，要听我的意见，就是八个字，人人平等，杀人偿命。所以这位战斗英雄被就地正法。犯同样性质的罪，得到的惩罚却天壤之别。看起来两个政党，执法严厉的程度不一样，其实更是反映出，所持的立场是完全不同的。你代表利益集团，还是代表人民大众，一件事，一目了然。

在父亲的自行车上，我听到太多这样的故事。它们唤起我对干部的认识和感情，是单纯的，向上的，美好的，无可争议的。每次爬上父亲的自行车大杠，我都怀着快乐的期盼。春风吹在脸上，享受不完的惬意；冬日照在背上，分享不完的温暖。夏天的明艳，连接着秋的金色丰硕。日出而出，迎来喜悦；日暮而归，满目星光。

在路上最有意义的一次，是我和父亲一起听到的一个广播故事发生的情形。记得那一年夏天频发暴风雨，县里已经有两个乡镇被台风席卷，灾情十分严重。一天傍晚，外面刮着大风，乌云压境，父亲载着我奋力骑行，想在暴雨到来之前赶到家。这时路过一个高音喇叭，县广播电台正在播一篇抗险救灾的长通讯，女播音员声情并茂地讲述着，一个叫戴庄的地方，遭受风暴的时候，广大干群如何同心协力、相互帮助，保卫集体财产和群众的生命安全。其中一位村干部，几天几夜没有休息，

从倒塌的房屋中抢救受伤的乡亲，扒出了一个又一个，背出了一个又一个伤员。他感到脚底钻心的疼痛，每走一步都如刀切钉锥。但他全然顾不了自己，一直到抢险工作结束，又疼又累，昏迷过去。别人把他背到大队医务室，才发现他的右脚板血肉模糊。赤脚医生为他清洗后发现，一颗一寸多长的铁钉，穿破了鞋底，赫然穿扎在脚底，并从脚背露了出来。医生和在场的群众，无不流下了心疼和感动的热泪。

我和父亲把车靠在路边的树上，在高音喇叭下一字一句听完了这篇通讯播报，以致忘记了时间，忘记了恶劣的天气，忘记了倾盆而下的暴雨，把父子俩浇得全身湿透。

我上学识字之后，开始经常翻一翻父亲挂在自行车龙头上的人造革提包，那里面总能翻出一些惊喜。工作笔记本、连环画、小说书、手工装订的材料等。不管是什么，只要有文字就如饥似渴地阅读起来。我十来岁就开始阅读长篇小说名著，都是从父亲挂在自行车上的提包里翻到的，《青春之歌》《林海雪原》《平原游击队》《茶花女》《西游记》《堂吉诃德》……父亲的包是无尽的宝藏，我每次坐上他的车，就要先翻一翻车上的包。20 世纪 70 年代末的一天，我翻到了一本手工刻写、油印的书，书名叫《县委书记的事迹》，里面收录了从《人民日报》《湖南日报》《新华日报》等报纸摘抄的全国各地十几位县委书记的故事。其中有《湖南日报》记者所写的三位县委书记的故事，都是记者在现场随机遇到的真人真事，并未事先安排。这三位书记分别是“晒得最黑的是陈书记”“穿得最土的是刘书记”与“跑得最快的是曾书记”，分别记述了湖南浏阳、邵东、汝城的三位县委书记艰苦创业，与人民群众打成一片的故事。

比如，记者与“最黑书记”陈再仁相遇，完全是一个偶然的机会，在收割晚稻的田间碰上的。陈再仁正拿着镰刀站在稻田和一位老农交谈。记者见这位书记很黑，就上去冒失地问：“你为什么晒得这么黑？”陈再仁说，自己的脸比较宽，容易显胖，而老百姓最不喜欢肥头大耳的县委书记，尤其是我们浏阳县，是个革命老区，我们教育群众的最好方法，是进行艰苦奋斗的革命传统教育，为了让自己缩短与群众的差别，于是坚持参加劳动，使自己晒得黑一点、瘦一点，能更好地接近群众，为群众办事。

那一年，记者去邵东县采访“农业学大寨”。走进这个县境内就听到巨大的爆破声，闻到浓浓的火药味，到处写着“横下一条心，舍得一条命，石山不炸平，坚决不收兵”等标语横幅。记者准备先找县委书记刘中心了解情况，然后下去拍照，不料刘书记不在，县委办公室的同志接待了记者。他们开玩笑地说：“记者要找我们的书记，可不容易，我们的书记叫刘中心，他基本上不坐办公室，哪里搞中心工作，哪里最繁忙，他就在哪里现场办公，县委有台旧吉普车他不坐，说下农村还是单车好，车子留着接待客人。”经打听，才知道他在火厂坪公社龙兴大队指挥改造乱石山。记者赶到了火厂坪公社，可公社办公室的负责人说：“书记来来去去从不打招呼，都是直接上工地，你们去工地找他吧！”后来，好不容易在去乱石山的田野里碰上了他。他留着很深的头发和胡子，穿着一身破旧衣服，肩上挂着一个黄色旧挎包，衣服和鞋子上还有很多黄泥浆，看得出他刚从工地下来。在记者的镜头中，这位县委书记打扮得比当地干部和老百姓还土气。

还有一年，记者去汝城县龙虎洞水库配套工程的工地上采访，看到一个很热烈的劳动场面，一队队担土民工朝前方跑来，听说他们在搞劳动竞赛，看谁担得重、跑得快，通过跳板不跌倒，就是优胜者。当记者打听跑在最前面的民工叫什么名字时，大家都咯咯地笑了起来，说："那就是我们的县委书记，怎么样，帅不帅？"记者连声说："帅极了！帅极了！有县委书记带头，难怪工地这样的活跃。"

这本油印的书中最让我难忘的，还是我们当地的一位县委书记袁广文的事迹。文章说，20世纪80年代初，江苏海安县委书记袁广文，很少在办公室办公，县里为他配的汽车，他几乎从来不用。每天上班，他都蹬着自行车，奔走在四乡八里，走到哪里工作到哪里，在老乡家搭个伙，按标准交伙食费。有一次，村里的同志看到他面黄肌瘦，担心他营养不良，做饭时在他的面条里偷偷加了两个鸡蛋。袁广文吃到鸡蛋，责问为什么擅自提高伙食标准，饭后坚决把这两个鸡蛋钱加上伙食费，交给了老乡。

还有一件有趣的事，是有一年发大水，袁广文下乡指导抗洪救灾。他独自骑着自行车，到了乡口，发现一条路被冲垮了，洪水泛滥，横在面前。袁广文只好脱掉鞋子，扛起车子，凫水过去。刚到对面，有位穿着一身新衣服、皮鞋擦得铮亮的老乡在后面喊他，说自己去邻乡为孩子相亲，所以才穿了这一身新衣服，不能弄脏弄湿了，能否请老乡帮忙把自己背过去。袁广文当即答应，并过来背他过水。背完人再帮他扛自行车。正在这时，当地的干部正好过来迎接他们的县委书记，居然看到书记在背老乡凫水，很生气，就训斥老乡，你胆子不小啊，你知道你在让谁背你啊，县委袁书记！那位老乡吓得赶紧鞠躬认错。袁书记却连忙制止，并笑呵呵地问老乡一个问题：如果今天是我出去相亲，遇到这种情况，老乡你是否帮我，背我过去？老乡说，当然当然，谁没有个难的时候，互相帮助啊。袁书记于是现场说法，批评乡村里的干部官僚主义，要求他们不要另眼看乡亲，不要把干部当成“官”，大家都是平等的。你要是居高临下，觉得自己比老百姓尊贵，你怎么能心甘情愿、不假思索地为人民服务？

袁书记的事迹当时在我的家乡流传甚广。基层干部们都是拿他做榜样。我记得父亲经常在单位宣讲袁广文的精神。陈再仁、刘中心、袁广文这样的领导干部，在那个年代，并不鲜见。他们实实在在，就劳动在一线，生活在百姓中间。这么多年过去了，人们记住的、缅怀的，依然是那一代干部。从焦裕禄到廖俊波，到了今天，这样的干部，或多或少，也还都有。正是他们，让老百姓保留着对党和政府的信任，他们是干群不断的感情基础。

毛主席曾经生动地将共产党人比作种子，人们比作土地："我们共产党人好比种子，人民好比土地。我们到了一个地方，就要同那里的人民结合起来，在人民中间生根、开花。"我党的群众路线是："一切为了群众，一切依靠群众，从群众中来，到群众中去。"当年的县委书记深入基层，与群众同吃同住同劳动，起到了党员干部的先锋模范作用，成为社会主义革命与建设事业的带头人。20 世纪 60 年代出现了县委书记的好榜样焦裕禄同志，一直到今天，焦裕禄同志的精神仍然在许多人心中发扬光大。

父亲那一代干部，都是挽着袖子，卷起腿脚，穿着布鞋、胶鞋甚至草鞋和光脚，风里来雨里去地蹬着自行车，到生产一线，到工地现场，到大街小巷，到地头田里，到千家万户。他们一大早就出发了，往往深夜才回到家。他们的皮肤晒得黑黑，老茧磨得亮亮，多少天来不及刮胡子，衣服上全是灰尘。他们大声讲话，大碗喝粥，大口嚼着老咸菜，身上散发着老乡们都有的那种浓烈的烟味、浓郁的汗味、浓重的人情味。他们是大爷大伯、大哥叔叔、大婶阿姨，没有人觉得那些穿行在乡亲们中，跟百姓勾肩搭背，谈笑风生，一个桌子吃饭，一个沟里挑水的人，是书记主任，是县长局长，是官。中国共产党创立、创业的本愿没有偏废，那种踏实的作风、朴素的为人，是领导干部们的常态。这就是当时的党风，是普遍现象。

骑着自行车奔波，是他们那一代干部工作的方式。后来曾有段子说，第一代干部骑车工作，第二代干部坐车工作，第三代干部坐方桌工作，第四代干部坐圆桌工作。段子的描绘，何其犀利。虽说有些夸张，但部分写实了干部作风的惊人转变，干群关系的惊人转变。

我讲一个我自己亲历亲闻的事。

新世纪十年中期，经组织建议，我从省级机关处级秘书位置上转岗，去基层工作锻炼。组织上给我推荐的岗位是，苏中某县级市的市委副书记，原则上挂职两年再回到省里。得到消息，我特别高兴，因为我们这一代人最崇拜县级甚至乡镇级的领导干部，我觉得可以直接为老百姓服务，也能直接获得老百姓的爱戴，自己的学业和抱负，正好可以直接转化到自己崇敬的事业和角色中。我的脑海中，马上浮现出焦裕禄、陈再仁、袁广文，浮现出父亲，他那一代干部的美好形象。

那期间，正好出差到一个县里。该县政府领导里有一位副县长，是我的老朋友，老朋友见面无所不谈。我把自己即将转岗的事跟他说了，希望听到他这个老朋友的祝福，更想听一听他这个老资格基层干部的指导。他没有表现出我期望的高兴，而是沉吟不语，好一会儿，才蹦出一句话：“老朋友应该说真话，我不想祝贺你，我不建议你到县里来工作。”

说实话，我当时大吃一惊，怎么也没有想到他竟然说出这样泼冷水的话来。我问为什么。他说，你不会适应，甚至无法胜任。他说，我考你两个问题，能及格，你就下来履职，不能过我这一关，你最好在省里另谋出路，现在的基层状况，现在的老百姓，复杂得很，已经完全不是你在老家的那个年代那般光景。

第一个问题，你的酒量有多大，能不能每天晚上至少赶三个场子，常年浸泡在酒精应酬中？

我说，我喝酒不能超过二两，而且没法连续喝酒，隔三岔五喝一点点，意思一下还行，常年喝身体肯定要废掉。

他说，老弟，这个不行，你不及格了。我们做县长书记的，不喝酒不赶场子，怎么跟群众打成一片，怎么招商引资，怎么为地方建立人脉，争取资源？你这点酒量，会影响工作，还会把自己的身体喝垮，总不能竖着下来，横着回去吧！这不是违背下基层锻炼的初衷吗？

接着他出第二道题。他讲了一件他自己身上发生的事。他说，有一年县里疏通河道，预防洪汛，工程需要抢在汛期到来之前完成。这项工作是他这位副县长负责的。他需要到工地去督查。一天下午，他就坐着他的黑别克专车去了。下了车，施工负责人早已把民工们集中在那里，等他训话。他走下车，站在高处开讲，同志们如何如何辛苦，要如何如何重视，抓紧时间，与洪水赛跑，为保卫家乡财产争分夺秒。正慷慨陈词，人群里突然有一个民工，指着他大声吆喝，县老爷啊县老爷，你别在那里唱高调了，最好的鼓动，是下来跟我们一起干，大话抵不上一筐泥。副县长一看，呵，傻眼，是自己的小学同学。全场一片哄笑，然后一齐盯着副县长，等着看好戏。请问，下面怎么处理这尴尬的局面？

在后来的多少年，我曾经把这个问题，带到为各地省级单位所做的报告会上，并拿来考下面的干部听众，大多数人跟我当时给出的答案一样，不外乎两个。一个答案就是，硬着头皮，下来一起干一会儿，年纪轻轻，还怕被几筐土压倒吗？干给大家伙儿看看，咱们党的干部都是劳动者出身，本色还在呢。

副县长哈哈大笑，告诉我，这个方法不行，耽误了自己的时间，跟他们一起干活儿，出洋相，他们会起哄，会故意把你的筐子里压得实实的，让你抬不起，让你当场压趴，你从此会成为全县的笑柄。什么劳动人民，你这是修正主义，已经没有实力跟劳动人民打成一片了！

哦，那我说，我编个理由，就说一把手找我开会呢，有急事，先走一步，下次再来跟大家伙儿一起劳动。

副县长又哈哈了，说鞋底抹油肯定是结果，但你这样处理太生硬，这样做看起来很猥琐，灰溜溜的，哪里还有半点县领导的风度，一样会成为全县的笑柄。副县长说，我是怎么处理的呢？我不慌不忙，等他们哄笑完了，指着挑衅的小学同学，直呼他的小名骂道，你啊你，从小就调皮捣蛋，不好好读书，经常考鸭蛋成绩，被老师罚站，长大了还不改，不好好干活儿，在这里起哄。你以为你老同学我只会读书只会当干部不会干活儿？找个时间我跟你比试比试，你未必是我的对手，至少当年我饭量比你大，饭大力气大，是硬道理。今天没空跟你耍，刚才县长通知我回去开会，你以为天下就挖泥巴最难最苦？你来干我的工作试试，不信你马上替我开会去，替我向县长汇报工作去，你行吗？告诉你小子，一点差错，给处分得跟孙子似的，你那脾气受得了吗!

说到这儿，还是不能开溜。转身从车子里拿出两条烟，满面堆笑，走到小学同学跟前，把烟往他怀里一戳，说，老同学我知道你能吃苦，就是脾气大，看不惯干部在岸上不湿鞋，可不能光知道湿鞋的苦，不体谅不湿鞋的痛。既然是发小，我讲话就不客气了，你啊，不光要自己带头干好，还要帮我招呼好大家伙儿，谁让你是我的老同学呢。这烟啊，送你，你辛苦了，大家辛苦了，烟跟大家分着抽吧，拜托了，过几天，再来看你们，保证下河跟你们比试比试。

说完，抬腿上车，屁股冒烟。工地上一片欢腾，老同学分烟呢。

说实话，副县长的考题，我们这些在机关的干部，回答几乎都是不及格的。我们缺少基层经验，细想这种所谓的经验，其实是基于基层社会、基于基层干群之间的关系，越来越复杂化，而琢磨出来的应对伎俩，是一种狡诈的智慧。他让我们感到一种落伍、一种迂腐、一种落差，更感到一种说不出的悲凉。人与人之间，干部与群众之间，关系变得这么诡异，难以捉摸，情感的纽带已经不起太大作用，坦诚与信任，好像无助工作的开展。如今是香蕉与大棒轮举，忽悠与逃避并用，不用心而用心机，不用大智慧而用小脑筋，我们这是怎么了？

副县长的话，使我面对那份新工作，望而却步。

岁月如梭，父亲他们那一代干部、那一代人，已经退出历史舞台好多年，他们美好的生命也在逐渐离世，然而他们的精神永远活在我们心中。我们看看今天，普天之下，出现许多熟悉的与不熟悉的，许多看得惯的与看不惯的，诸多景象纷呈，让我们恍如隔世，但父辈的精神，并不会消失。这个，我一直坚信。

遗　产

现在的年轻人普遍关心的是，父辈能给自己创造多好的物质条件？如果有一天，父母永远离开了我们，我们能从他们那里继承多少财富？

中华民族生生不息，然而一直到我们这一代记事时起，在物质意义上的中华民族，一直都是比较贫乏的。但物质的贫乏，并未阻止中华民族的繁衍和壮大。我们是靠什么生存和发展的？当然，是靠精神，靠我们伟大的文化。

祖先留给华夏子孙的遗产，不是金山银山，而是愚公移山。金山银山，总有用完的一天；愚公移山，从来没有从我们的文化中消失，而是成为世世相传、代代共勉的经典。所以，我们打着小算盘，去盘点祖产，还不如翻开经典，多读几句祖训。

被誉为“天下无二裴”的河南裴氏家族，兴旺了两千余年，英才辈出，名流如云。去研究这个家族长盛不衰的秘诀，发现再简单不过，这就是世世代代都十分重视德育教化。裴氏的家庭教育十分出色，南朝裴子野出生后母亲病逝，他的祖母殷氏“柔明有文义，以章句授之”，年轻时就任南齐武陵王左常侍，后编《宋略》。这和河东裴氏从小就接受良好教育不无关系，小小年纪，有此成就，神圣的母教发挥了重要作用。一直到现如今，这个家族的故居裴柏村，还保留了祖上特有的“挂旗”风俗，谁家的孩子出生，孩子的姥姥家要给孩子挂旗，将写有“济世栋梁”“自强不息”“建国英才”等话语的红绸布挂在大门楼中间，并将书写用的毛笔、砚台一并奉送，最后在大门两边栽种竹子，寓意孩子长大成人以后，成为有才有德之人，以激励后世子孙。从挂旗的内容，我们也可以看到，裴氏家族教化子女的，都是大情大义，克己奉公，而不是怎么守财屯财，怎么设法过比别人更好的生活。

名震中外、后人中大家如云的江浙钱氏家族，起源于一千多年前的五代，其始祖先钱谬功可倾国，皇上给他发了“免死牌”，这是当时的最高荣誉了。可钱谬并不认为这份荣誉可以世世代代受用，去世之前，除了这块牌子，还留下了十条家训，核心内容是要后人积德聚才，信义为上，要以国家利益和人民利益为重，不可敛财囤富。如果富裕了，要提携宗族，并拿出钱来赈济乡邻，兴办义塾，教化一方后生。“修桥路以利人行，造河船以济众渡。”勤俭为本，忠厚传家，轻财忠义，福泽乡梓，一千多年来是钱氏家族保持的初心。所以这个家族历朝历代，经得起风雨、荣辱、浮沉，始终保持着令人敬重的优秀基因。一直到近现代，还出了钱玄同、钱穆、钱学森、钱三强、钱钟书、钱伟长等世界级科学、文化大家，为人类文明发展做出了杰出的贡献。钱氏家族的遗产“钱氏家训”也成为全世界公认的宝贵文化财富。

德才兼备能长久，急功近利命脉弱。有一个词，用来形容建筑大师“贝聿铭家族”，叫“百年望族”。为贝聿铭家族写传记的作家，一开始准备用“百年旺族”做标题，后来发现不如“百年望族”准确。为什么？因为“旺”是一种“势”，而“望”是一种“脉”，说到底，是一种文化，对一个家族来说，是一种优秀的家风家德。传“脉”不传“势”，才是贝聿铭家族这样的优秀中国家族“百年”兴盛的秘诀。

其实，我觉得每个人都可以做一件对自己、对子孙有意义的事，就是认真盘点和总结一下自己祖先的精神财富。自己终老的这一天，不仅仅是交给后人一本存折，更多的是让后人无法忘怀、永远受用的精神账本。精神账本是不保守的，即便你和你家族的祖先，没有多少值得铭记的德行，你完全可以从一些优秀家族、从整个中华民族优秀的传统里，直接撷取。你的子女，也许太过年轻，一时未必能像接到一本存折那样高兴，但随着年龄的增长、阅历的加厚、世俗的磨砺，他们总有一天会意识到精神账本的好处，并以此惠及他们的下一代。

我的父亲，在他五十多岁因病去世时，没能给我留下一分钱的存款，也没有一件所谓的传家宝收藏品。但是，在我走向人生的几十年里，我逐渐认识到自己是父亲遗产的最大受益者，我继承的财富，是难以用数字来描述的。

比如，他一辈子只戴过一块手表，是南京手表厂生产的老钟山牌，戴的时间太长了，走走停停，但他没有舍得换掉，不是买不起一块表，是因为这块表是他的奖品，据说是年轻时工作受表彰，政府奖给他的。他认为这是最贵的、最时髦的。没有什么东西比这样的荣誉更值钱。父亲戴着它，我们从小看着，心里就建立了一种荣誉观，一种精神价值观。赋予了高尚精神的物质，才是真正的奢侈品，才真正值得长久珍藏。这块表随父亲而去，但这块表给予我的影响，却一直在。

父亲的那辆老“永久”牌自行车，被我带到南京，骑着它度过了大学时光。这辆老永久，承载我无数美好的记忆，反映着父亲这一代的风貌、品格和爱，也记录了我的成长，和成长路途中我汲取的那些正能量。

父亲还有一个笔记本，至今还在我的书橱那个带锁的抽屉里。我的儿子小时候看到这个带锁的抽屉，总是很奇怪，想让我打开给他看，藏了什么秘密什么宝贝。我跟他说，那是你爷爷的遗产，确实是一个宝贝，用来传家的，等你长大一些，真正懂这个宝贝，我才会拿给你看。今年儿子考上大学，去学校报到前，我把这个抽屉打开，让他看这件宝贝。起初，他看到是一本破烂的本子，就笑了，认为他的父亲和爷爷很搞笑，可等他读完了本子里的内容，他很感动。

这是父亲当年从师范学校下放前夕，同学们给他的留言簿，可算是一本 20 世纪 60 年代的毕业纪念册吧。这本册子里有三部分内容。

第一部分是同学留言，可以看出同学们对这位校学生团委副书记非常的敬重，多少同学回忆父亲的无私，感恩父亲的帮助；多少同学敬佩父亲响应国家号召，毅然下放农村基层参与社会主义新农村建设的气魄；多少同学祝福父亲好人好运，有一个美好的未来；多少同学歌颂与父亲结下的珍贵友谊，愿这种友谊纯洁和常青。我小时候，父亲偶尔会拿出这个本子，指着那些留言的名字，告诉我这是谁，是一个怎样的人，为什么跟自己友谊深厚，为什么工作后进步特快，甚至为什么他能文采飞扬，字还很漂亮。这些，在我的童年幼小的心灵园地，种下了友谊、上进与美的种子。他让我认识到，人与人之间的纯洁关系，是非常美好的，值得铭记的，也是生活的一份温暖，事业的一份动力。他让我对学校、对社会、对集体，有了美好的向往，“外面的世界很精彩”，歌词是从齐秦的演唱里听来的，而建立这种情怀，却是从父亲们的文字里开始的。

本子里的第二部分内容是一首长诗。这首署名“校宣传队集体创作”的诗，记述了父亲学生时代的一件大事，把父亲歌颂成“共产主义好青年”“青年楷模”“时代标兵”。长诗写道：

漆黑的夜晚
传来一个紧急的消息
仿佛夜空的霹雳惊雷
一个同学
生病住院

抢救

失血

生命垂危

血，他需要生命之血

一个异常特殊的型号

我去，我去

不，我去，我去

同学们在病房外排起了长队

一个个青春的胳膊

伸向医生

抽我的吧，抽我的吧

这时，一个瘦小干练的身子

挤到了前排

“大夫，请抓紧时间

我，符合您需要的血型……”

父亲的血就这样流到同学的血管中，同学得救了。在我记忆中，父亲的身体差得似乎一刮风能飘起来，怎么能当救人英雄呢。我小时候，父亲给我讲过这段往事，他说医生当时也很犹豫，不忍心从一个不到90斤体重的同学身上抽那么多血。但是符合血型需要的同学不多，其他两个是女生。时间耽误不得，父亲觉得自己是男子汉，又是学生干部，必须迎难而上，就冲上去献了血。当时根本没有考虑太多自己的身体这类事。后来学校给父亲20个鸡蛋和5块钱的营养补贴，父亲就拿到班上，在一个周末搞了一个包饺子晚会，与同学们分享了。师生们很感动，于是有了学校文艺汇演时的这首诗朗诵。据说，汇演时，学校普通话最好的一对男女声，声情并茂，催下了在场很多人的眼泪。当然，流泪最多的还是爷爷和奶奶，他们听到这个消息，为儿子的身体深深担忧，也为儿子的义举也可以说是壮举，感到骄傲。

我觉得让我的儿子震撼的，还不光是这两部分，更多的应该是第三部分内容。本子的最后，本来有些空白页，就被父亲后来的几十年，用来记录“秘密小账”。20世纪80年代改革开放落实下放知识分子的待遇相关政策后，父亲的工资涨了不少。我记得他经常感恩地说，我们这样的小干部，干的还是同样的活儿，工资从二十几块都涨到快六十了，真是惭愧，要加倍努力工作啊。

父亲逐渐还掉背负了多年的、当年爷爷奶奶治病欠下的近两千元巨额债务。很多有困难的乡亲乡邻开始向父亲借钱。父亲尽量满足他们。后来借钱的人多了，有时影响到自家的生活了。我们都有些想不通，觉得父亲也太滥好人了，而且父亲经常丢三落四忘掉谁借了多少钱，还了没有，靠脑子记忆就是一笔糊涂账。每到年关，我们想去替他催债，他却报不出账来。母亲不高兴，与他吵过几次，说当年困难的时候，除了向国家借到钱的，乡邻里有几个肯帮忙的！父亲就说，当时大家都困难，干部家庭困难，乡亲们就更困难了。而且，如今人家借钱，都不是为了改善吃穿这些事，是为孩子上学，孩子求上进的事，不能眼睁睁不管，要是我们现在仍然困难的话，也要借钱去供养儿子上学啊。借钱的乡亲里后来有好几家，有考上大学的穷孩子，都得到过父亲的接济。父亲去世后，我整理这个本子，才发现我保留的父亲的那本留言册后面，密密麻麻记满了人家向他借钱的流水账，其中一大半都没有还，没有销账。父亲把这种为孩子上学借的钱，完全看成是捐助，压根儿就没有指望也没忍心要人家还。原来父亲“丢三落四记不清楚账”竟然是用来搪塞母亲的借口。

这些小账让他的孙子十分感动。大学开学后，儿子曾给我发了一条短信，说他 7 岁的时候看到别的孩子有爷爷呵护，很羡慕，曾经画了一张画，叫：没有爷爷真苦。自从那次看了爷爷的毕业纪念簿，真的不觉得自己心里苦，不觉得自己没有爷爷，爷爷的形象现在在心里很清晰了。所以，现在要说：有个爷爷真好。

这条手机短信，让我进一步认识到，父亲留给我的这个“不值钱”的遗产，是再多的钱都买不到的。

我们这一代 20 世纪 70 年代前后出生的人，大多数骨子里非常传统。由于青春期在改革开放勃兴的 20 世纪 80 年代，我们的情感是多元的，趣味是多样的，价值取向也有明显的分化，一部分人特别“人文情结”，一部分人特别“市场经济”。不管是什么朝向，我觉得只要不要太过，都是很好的。我有位老同学的爸爸，退休前是一个中学的教务主任，为人正派、清高，但是思想特别保守、固执，不肯接受新事物。我这位同学，大学毕业后爱上了一位从政府下海经商成功的商人，她父亲怎么都无法接受，气得生病住院，跟女儿宣布断绝父女关系好几年，严重影响女儿的幸福。他认为，一个人刻意去挣钱，是非常可耻的，以挣钱为事业的人一般都是恶俗的物质主义者，不可深交，更别说结为亲人啦。

在我们这一代人看来，老先生并没有真正认识到“市场经济”的意义，也没有真正认清“钱”本身是一种流通和发展的工具，只要使用的手段正确、途径正确，钱是不存在“光荣”“可耻”之类的附属意义的。但我们这一代人也不乏抱持老先生这种观点的，认为钱的属性“可耻”，臭钱臭钱，钱与臭是密不可分的。还有一批人，则完全是金钱至上的，认为金钱是万能的，其他都是虚空的——这样的人其实古今中外、历朝历代都有相当多的比例。这就在观念上有了多向分化。所以，我们这一代人在一起聚会交流，争吵起来是很厉害的，有时候恨不能拿起刀叉开打。

显然，随着年龄的增长、子女的长大，我们较多会涉及“遗产”这个话题的争论。“遗产”这个词，其实更多出现在有关西方的话题里，“遗产法”“遗产税”等等这些词，都是很西方的。从法律意义上讲，“遗产”基本上指的是有形价值的东西，也就是钱财物和能兑现钱财物的知识产权等无形资产。但是在中国文化典籍里，“遗产”这个词更多被用以形容精神财富，这个体现了中国传统重视文化传承的一种格致，非常了不起。所以，我们这一代人，依然有很大一部分，坚持精神遗产比物质遗产更重要！

20 世纪八九十年代有许多物质上的苦孩子出身的企业家，在发达之后只有物质缺乏之痛的记忆，没有建立精神充实之乐的修养，囤积了可观的财富传给子女，却没有传给一块支撑这些财富的精神基石，所以古人警告的“富不过三代”甚至不过二代的悲剧，纷纷在他们的后代身上重演，家族兴旺如昙花一现。2010 年美国林顿调查公司曾在媒体发布一组关于中国改革开放后的第一代企业家退休后，其子女继承资产、继续发展家族企业的情况。调查表明，只有不到 10% 的“企二代”从父辈手中接过企业接力棒，能继续快跑。大概四分之一的“企二代”勉强维持着父辈的事业；而 65% 以上的“企二代”，将父辈辛辛苦苦创办的企业带向了穷途末路，其中有不少是将财产挥霍一空。其最大的原因，就是第一代企业家大多数出身贫寒，文化程度低，不重视家教，不在家族企业里培植优秀的企业文化，有的虽然积攒出巨额血汗钱，但没有建立正确的金钱观和人生观，没有开阔的眼界和心灵境界，交给孩子的，只是硬邦邦的钱币。下一代只会花钱，其他，无所适从，无能为力。

新世纪的中国企业家文化素质大有提升，他们吸取教训，非常重视优秀家风家德建设和传承。没有血脉的身体是塑料模特，它不是一具生命；没有精神支撑的财产是沙基的高楼，它不是江山基业，弱不禁风，随时倒塌。

曾国藩后人把他写给亲人的每一封家信，都保存下来，以家书形式，作为家族的宝贵遗产，昭示后代。曾国藩家书传播的勤俭、好学、敬畏、奉公、爱国、感恩等千叮万嘱，影响、优化的不仅是曾国藩家族，而是无数的中国家族。正是这些精神内蕴，使得一个看起来简单、日常的家教书信集，成为两个世纪追捧不衰的经典。倘若曾国藩留给子孙的是几斗银子，恐怕这些银子和他本人的历史印记，早就烟消云散，化为尘埃了。

诸葛亮一生谨慎，因为两封“遗书”更成就了万世英明。一封是给儿子的《诫子书》，一封是给“侄子”、年轻的君主刘禅的《出师表》。可以说，两封遗书一封是家书一封是国书，一封重修身立德，一封重修为济世，囊括了从做一个普通人到贵为国君的真经教导。《诫子书》里诸葛亮要求子孙们“静以修身，俭以养德”“非学无以广才，非志无以成学”。《出师表》要年轻国君“亲贤臣远小人”，勤政明政，实现父辈的遗志。《诫子书》只有 86 字，《出师表》也不过百句，但一出成经典，因为它们是高度概括的人生精华、治国精华，凝聚着诸葛亮这位伟大圣贤一生的感悟，饱含老一辈的博大智慧和对晚生的深沉之爱。诸葛亮深知自己身为一代丞相，一生奋斗，茅庐变“豪门”，但“豪门”是用主人的心血浇筑的，如果后代坐享其成，必然会变回茅庐；深知江山的危机，江山的根基不是来自江山本身，是治国方略的正确，是君主的英明。江山是脆弱的，没有精神的江山，垮起来很快。所以，留“豪门”传江山，还不如留诤言传真经，留美德传善心。

前不久，我到江苏淮安的周恩来总理纪念馆参观学习。我在周总理亲自手书的十条家规前久久驻足。我拿出随身携带的纸和笔，特意把这些家规记下来，今天在这里抄录给小读者。周总理这样要求亲戚晚辈和身边人：

1. 晚辈不该丢下工作专程去看望我，只有出差顺路时可以看望；

2. 来者一律住国务院招待所，住宿费由我付；

3. 食堂买饭菜，有工作的自己买饭票，没有工作的由我代买；

4. 看戏以家属身份买票入场，不用招待券；

5. 不许请客送礼；

6. 不许动用公家的车子；

7. 个人生活凡能自己办的事，不要别人代劳；

8. 生活要艰苦朴素；

9. 在任何情况下不要说与周恩来有关系，不要炫耀自己；

10. 不谋私利，不搞特殊化。

这十条家规，从周总理进北京城开始，几十年如一日始终坚持，直到生命的最后一刻。周总理有浓浓的亲情和炽热的爱心，周家是一个大家庭，他关爱大家庭的每一个人，长期用自己的工资资助亲友长辈，以减轻地方政府和社会的负担，主动担负起教育引导周家年轻一代的责任，在大家庭内部建立起一种良好的家风。总理率先垂范，以身作则，用亲身所为告诉我们，最好的关爱，还是用良好家风的熏陶和教育，让家人亲戚过平凡生活，正直为人，踏实做事。

周总理的侄女周秉德多次说，“伯父始终严格要求自己的亲属、晚辈要以国家利益为重，决不允许搞任何的特殊化。伯父虽然没有给我们留下任何财产，但为我们留下了宝贵家风，我们会一直传承下去”。周总理的亲戚和后人，一个个低调、朴素，没有辜负总理的厚望。总理的家风是留给亲人朋友最宝贵的遗产，这也成了我们中华民族的宝贵遗产，对我们的年轻人，对世世代代的中国人，都是一份生动的亲情教材、人生教材。

看来，我们每个人，都不要轻言自己是穷人，自己一无所有。不要因为存折不厚，就感到愧对子女；更不要为了存折更厚，去非法敛财，脏了自己的形象，毁了自己的精神，成为子女的耻辱、家庭的祸患、社会的负能量。优秀的文化遗产博大精深，取之不尽，只要你慧眼有识，手到擒来，取之一瓢，赠予后人，你的后人一定会受益无穷，一定会对你世代感恩。

第一安全

这些年，我们在看待古训上，经常陷入极端。比如在对待子女教育问题上，一提到赏识教育好、爱的教育好，就完全否定古人教导的“棒打出孝子”“不打不成器”。好像我们几千年，一代代人都是被提着棍子打大的。认为志气都给列祖列宗打没了，所以我们才文化自卑、民族自卑。其实，这是我们没有领会古训的真正含义，断章取义，甚至歪解曲释。古人的意思是要严格要求子女，特别是在子女犯严重错误时不能放任，要严厉惩戒，以此培养他们的敬畏和底线。这“打”里面是有智慧，是有大爱的。

我的父亲不算很长的一生，给了我足够温暖的爱。他是一个性情温厚的人，的确是一个爱的教育、赏识教育的高手。他对我的教育培养，基本上是采取宽容的、鼓励的方法。即便如此，我还是受到过两次严厉的“棍棒教育”，仅仅两次！也是因为这仅仅两次的“唐突”，才使我内心冲击特别大，印象也特别深刻。

一次是在学龄前小男孩时代。小时候一到夏天，我就喜欢和小伙伴一起到家乡的串场河里戏水。父亲基本上是允许的，只是吩咐我们不要到深水区，不要在水里浸泡时间过长。后来我们发现了一个更刺激更有趣的戏水的地方，就是电灌站。电灌站的出水口有一个很大的蓄水池，水抽上来经过这个蓄水池缓冲后再进入排水大渠。蓄水池很像一个泳池，长方形。由于水的冲击力大，不停冲刷，里面就很干净。电灌上来的水浪花翻腾，人在其中顺流漂浮，逆流翻滚，煞是有趣。玩了一次，大家都觉得很过瘾。

我回家随口把我们发现新戏水地的事说给父亲听，父亲正在抽烟，不顾一支烟才抽了两口，就扔在烟缸里，非常严肃地把我拉到跟前，说：不许在那里玩耍。我一下子愣住，问为什么。父亲一字一顿地说：不安全！接着他就向我解释为什么不安全。电灌出水口压力很大，如果工作人员不知道那里有人在水里，突然拉闸停止抽水，或者，最可怕的是那时候电是不稳定的，说停电就停电，一旦断电，水流会形成强大的回冲，排水筒会吸进去一部分水流，人就被挟到里面，小命基本就完蛋了，要死人的。

父亲还给我布置了任务，不但自己不能再去，还要赶紧把所有小伙伴都集合起来，把这个危险道理，讲给他们听，大家都不许去那里了。

我按父亲的要求去跟小伙伴说了，结果大家哈哈大笑，根本没当回事。我们又跳进蓄水池，快乐地玩开了。但很快，父亲出现在池边，手上拿了一支长竹竿，抽打我们，小伙伴们爬上来，四处逃散。父亲呵斥道，以后谁再来，所有的大人见了，不管是不是你们的家长，都可以直接打得你们皮开肉绽。然后父亲拧着我的耳朵，在众目睽睽之下，把我拖回去打了好几棒。

从此，我们再也没敢去电灌站戏水。

还有一次挨棍子是在 10 岁左右。那时候父亲被组织上抽调到一个调查工作组，担任负责人，进驻南通北郊的一个小镇的建筑材料厂，调查组的工作跟现在的巡视组相当，查账，查纪律，查作风。工作组跟被调查单位的干部同住一个院子，同吃一个食堂，看起来其乐融融，但背地里就没有那么简单。被调查单位没问题的干部当然是真热情，坦荡荡地跟工作组交往。心中有鬼的人就不一样了，他们也许表现得更热情或更淡定的样子，私下里会设法做一些小动作。然而，孩子是看不懂大人的这个复杂世界的。父亲只是提醒我，他们这个工作有着特殊性、严肃性，孩子也要像大人一样守纪律，不可乱听乱说。

暑假的一个傍晚，我在院子里抓萤火虫玩，突然听见身后有人喊我。我一看，是这个单位里一位胖胖的伯伯，我知道他是总账会计，负责单位的会计室，平时总是笑眯眯的，和蔼可亲。胖伯伯问我热不热，跑了一身汗口渴吗。我说又热又渴。胖伯伯就邀请我到他宿舍吃西瓜，说买了一个大西瓜，一个人吃不了，隔夜就不能吃了，浪费。我说，爸爸不让吃别人的东西。胖伯伯就摸着我的头说，那是别人，可我是你爸爸的朋友，是自己人，跟吃自己家的东西似的。我就去了，吃了一肚子西瓜，还带了一个大米糕回来。

我自小跟父亲住单位，受到他的同事，许多叔叔伯伯阿姨大姐姐的关爱呵护，也馋嘴吃了不少白食。父亲见了总是很开心，替我道一声谢谢，偶尔也回请大家吃个饭什么的。我习惯融在一个集体大家庭中，享受这种爱。可是，这一次出了意外，我被父亲狠狠揍了一通。父亲暴跳如雷，打了我两个大耳光。我从来没有受到过如此重的惩罚。

父亲的暴怒令我感到陌生而又恐怖，所以哭得特别伤心，心里感到特别委屈。当然，事后在父亲的提醒下，我似懂非懂了其中的缘由。那位胖伯伯有贪污嫌疑，正是父亲的工作组重点调查的对象。请调查组负责人的孩子吃东西，当然不纯粹是出于真的喜欢孩子，而是拉拢孩子的父亲。父亲通过这件事警告我，大人提醒要守纪律，你孩子不能当成耳边风，不能不警惕，执行起来一定不能打折扣。吃人家的东西，接受别人的物质施与，要动脑子想想，东西没有是非对错，但东西后面的人，施与和受施的行为，是鱼龙混杂、意味深长的，你需要学会明辨，不能只顾满足胃口，不问动机。有一些爱，来得突然，来得没有理由，你要学会分析，学会拒绝。人生路漫长，处处有风险，具备清醒清廉的素质，你的人生才会安全。

我成人后，对父亲的两次“棍棒教育”，佩服得五体投地。平安是福，安全第一。人一生可以自己努力掌控的安全，无非就是人身安全和人生安全。父亲对我的两次棍棒教育，正好准确无误地针对了这两个安全。被电灌站回流倒吸进去，我们会失去生命；怀有目的的糖果里，往往裹着炮弹，吃了，人生迟早要被炸毁。

人在成长的过程中，需要掌握的安全本领，看来不仅仅是那简单的护身了，更要护生，保护自己的人生安全。一个人长大后，护身的能力天生增强，人身安全的风险也越来越小。而人生安全，却是相反的，你越大，安全系数就越小，因为你接触的世界越广，遇到的陷阱就越多；你越能，需求和诱惑你的人就越多；你需要把控的地方，需要把控的时候，就越来越集中，越来越频繁。成人的第一安全，就是这上面所说的人生安全了。

人生风险的种类也是花样百出，你纵有八斗才智，也不可能完全规避和化解。但人生风险的源头，是有规律可循的，无非就是人心的贪婪、邪恶和堕落。人心的正当决定着人生的安全。所以，千言万语归结为一句话：管好自己的心，也就赢得了一大半人生安全。

风险永远在路上，安全永远在心上。

朝着大气的方向完善自己

新时代里，我国城镇化进程持续推进，城市人越来越多。可同学们，从我们的父辈、祖辈再往前追溯，我们家族中的长者大多来自某个小乡村或小城镇。我们通常所说的“小市民”可以理解为“小的市民”和“小市的民”，一个多指气量不大，一个常形容格局狭隘，这两类最终会流向一种世俗——市井市侩。市井市侩未必是恶，却代表了眼光与境界的局限：有眼前而没有长远，有精明而缺少智慧，重利益而轻情怀……

当市井市侩蔓延到商界，唯利是图、利益最大化、没有公益心的奸商比比皆是；当市井市侩浸淫文化圈，毫无独立思想和人格的伪文人纷纷粉墨登场……若是这样，我们充满生机与梦想的新时代也会被污染成“灰时代”“矮时代”。身为青少年，在传承主流文化的同时，也要警惕市井文化的侵袭。

与市井市侩同样值得警惕的是小农意识。中国是个农业大国，我们每个人的先祖都与农业和土地有着千丝万缕的联系。农民是值得尊敬的耕耘者，而小农意识泛指的是来自农村底层的世俗文化观念：自我满足，无协作精神，缺少公共意识，画地为牢、固守私利。

不是来自小城市的人就会烙上市井市侩的印迹，更不是来自农村或市井的人就会有小农意识。这是由我们见识的局限性决定的。若是我们能敞开心扉、关照他人，存一份公益心、进取心，则哪怕我们来自最偏僻的山野，我们也能自豪地说，我是胸怀宽广的人！

让我们想一想《平凡的世界》主人公之一的孙少安。他半辈子与乡土打交道，将自己深深扎进农村广袤的土地中，但他依然是一个眼界开阔、心胸宽广的人，因为他有一颗珍贵的懂得感恩的心！

市井文化和小农意识从来不是与生俱来的，但我们从少年时期便需不断提醒自己，警惕自身成为它们的傀儡。同时，要提升自己的素养，朝着大气的方向不断完善自身！

内心强大，无关外部

有一本在全球广受欢迎的畅销书《成就内心强大的自己》，作者戴尔·卡耐基告诉普通人一件特别重要的事。他说，认识并喜欢你自己，正视生活中在你看来的残酷现实，在不断克服自身缺点的过程中唤醒你内心的“雄狮”。没有高贵出身，没有出众才华，没有美丽外貌，这些都不比没有坚强的内心严重。你必须拥有淡定的、超然物外的心态。

我注意到卡耐基在描述内心强大的时候，有两个关键点，一是淡定，一是超然物外。

淡定，其实就是永不畏惧。你遇事不慌，迎面而上，自信地迎接困难的挑战，这就是淡定。超然物外就是不被物质绑架，去除患得患失之惶恐。你是功名利禄的奴隶，还是它们的主

人？你驾驭它们，还是让它们左右你？这直接关乎你内心的价值判断。

我们说，我们无法改变外在事物的价格，但我们可以改变自己的价值观，为身外之物“定价”，掌握主动权。我们可以打倒功名利禄的挑衅，但功名利禄打不倒我们。有一位拳击运动家说过：“拳击让我找到了人生的真谛——人们总以为拳击制胜的重点是彼此间的力量差距，其实不是这样。拳击赛制胜的重点是你的心能镇定自若地承受多大程度的击打，并且坚忍地继续下去，还要源源不断地爆发出抗击的勇气。”

这位拳击运动家其实是在告诉我们：内心强大，无关外部。大多数情况下，我们很难干预对手，无法改变他们的力量。站在“擂台”上，我们能做的是让内心释放出足够的坚忍和勇敢！

有部著名的励志电影《当幸福来敲门》，主人公在社会底层摸爬滚打，历经千辛万苦，最终成为一名优秀的基金大佬。这来源于一个真实的故事——主人公的原型是著名股票经纪人加纳德，他在成功后寄语人生道路上的拼搏者：“请不要帮我移开面前的大山，而是赋予我内心翻越大山的勇气。”无论是在贫穷还是在富裕的时候，加纳德都坚持绝不用任何不道德的手段去谋取利益，绝不为了摆脱自己的困境而踩踏他人的肩膀，绝不忘记曾经的岁月和处境，并永远地做一个普通的好人。在他带着儿子流落街头时，他没有白拿别人的一片面包，没有在排队领救济物品时插过队，没有向儿子散布过一句对他人对社会的不满……成功后，他依然过着简朴的生活，并用自己的财产捐建了一个他年轻时曾受到过帮助的贫穷好人基金。

“失意事来，治之以忍，方不为失意所苦。快心事来，处之以淡，方不为快心所惑。”曾国藩这样教育自己的家人，并把这些训导写成家书，传世普及。人生遇到失意事情时，懂得用治之以坚忍，这样才不会被失意所痛苦；人生遇到顺心事情的时候，懂得处之以平淡心，这样才不会被顺境所迷惑。

俗话说“虚心使人进步，骄傲使人落后”，所以只有时刻保持不骄不躁、不卑不亢、不以物喜不以己悲的心态，才能不被失意所痛苦、不被快心所蛊惑。人们处逆境容易，因为小心；处顺境难，因为大意。过于小心也许可以做到，过于大意却在一时忽略之间，这都不是恒心，不能算是强大内心。曾国藩还说：“人之处于患难，只有一个处置。尽人谋之后，却须泰然处之。”这便是“失意事来，治之以忍”，也是一个人内心强大的表现，更是遵循“谋事在人，成事在天”的真理。

《菜根谭》中说："宠辱不惊，看庭前花开花落；去留无意，望天上云卷云舒。"这便是"快心事来，处之以淡"，也是一个人内心强大的表现，继而淡泊以明志，宁静以致远！所以，真正内心强大的人，往往都有这个特征——"失意时，能忍；快心时，能淡"。我们如果想做一个内心强大的人，熟记曾国藩的这句箴言，记住《菜根谭》里的这句名言，我们也可以做到！

愿我们像加纳德一样拥有一颗强大的心，在任何困难面前都坚毅勇敢地一路向前！那么，幸福总有一天会来到你的门前，叩响你的门环，拥抱你入怀。

第七辑 大道篇

初心到底该怎么定义，初心有哪些重要元素？我们如何才能确认自己停留在初心里？初心是一座需要勇于攀登的高峰吗？其实，初心非常“接地气”，大道至简，到达初心，就这么简单！

叩问初心

今天，我们如何践行不忘初心、如何使初心在内心到达？如何启程迈步在实现伟大使命的大道上？我们首要的是能够理解和拥有初心的要义，初心到底是由哪些构成，我们如何找到参照标准。其实，说来说去，想来想去，“初心”也不是什么复杂深奥的学问，初心境界虽高，对个人来说，却不存在“勇于攀登方可到达”。一个人把握好自己的方向和尺度，就可以停留在“初心”里。我的粗浅认识是，可以从四个方面对照自己，是不是未忘初心。

一是与人为善

二是有所作为

三是有所担当

四是积极向上

关于与人为善。前文我也说到，与人为善是我们文化的母体，是初心的基因。人之初，性本善。性本善是中国传统文化的母体，讲文化自信，首先必须明白这个文化母体，然后就会明白她衍生出来的诸多中华传统文化的优秀品质。这种人性观辅导出中华民族信、和、朴、美、厚等品性。“性本善”文化也养育出我们的自信、自省和自律精神。

你不要丢掉善良的本性，而这种本性主要是体现在“与人”，也就是“他善”——这个“他”，可以是个人，可以是群体，可以是民族，可以是国家，甚至全人类全世界。只爱自己或者自己亲近的人，不能叫与人为善。与人为善这件事不能因人而异，而应普度众生。

小心小爱，虚张自我，手段上位，有始无终；大爱无疆，心如泰山，大业恒久，稳健前行。你为人人，人人信任；你犯人人，人人喊打。我们要卸载小我自私，装进爱。大处着眼，小处做起。大有大爱，小有小爱，没有不爱。

关于有所作为。有所作为决定我们生命的价值。在我们化为尘土之前，我们都在消耗这个世界，消耗着自然资源。如果我们不作为、没有贡献，我们就是一个纯粹的索取者。吸血鬼、寄生虫式的人生，怎能是人类的本愿呢？所以，我们要尽力所为，勤奋工作，回馈自然，报效社会，帮助他人。

在实现人生目标的道路上，我们不能懈怠，慵懒的人是不可能做成事业的，只能一生碌碌无为。世界上没有等、靠、要就取得成功的事业，没有保障自己的国民吃闲饭、混日子的超常制度。一个普通百姓不奋斗，耽误的是自己，连累的是家人。一个企业主不奋斗，拖垮的是企业，砸的是员工的饭碗，耗的是一群人的心血。一个干部，尤其是领导干部不奋斗，影响的是一方事业，拖累的是一个群体，一个单位，一方百姓。一个政党松松垮垮，得过且过，糟蹋了一个时代，把国家、民族带向被世界步伐淘汰的危机。少年强则国强，那么，一个学生如果不能好学上进，耽误的则是自己的前途和国家的未来。我们说，后继有人，这个“人”，不是数量意义上的人，而是“素质意义”上的人，长江后浪推前浪，后浪必须强于前浪，长江才能滚滚向前。

我把竞技运动看成是一个“浓缩的人生”过程。就拿 100

米短跑运动来说：1894 年，人类创造了第一个男子短跑 100 米的世界纪录，成绩为 11 秒 2。以后经过 74 年的时间，人类于 1968 年创造了 9 秒 9 的世界纪录；2009 年，博尔特在柏林田径锦标赛上创造了男子 100 米短跑的世界纪录——9 秒 58！这也是到目前为止最好的成绩。从 1894 年到现在，人类用了一个多世纪，极尽各种训练技巧，无数健将吃尽千辛万苦，我们才越过了 0.64 秒的差距。而根据达尔文进化论，人类由于掌握工具之后对工具的依赖，以及生产力发展、物质宽裕带来的懒惰，使得听觉、视觉、握射等很多生理功能退化，远远落后于很多低等动物。你在哪里松懈，你就在哪里退化。些许的进步需要竭尽全力，一日千里式的落后，却只要些许的松懈。这就是残酷的优胜劣汰规律。

时不我待，唯有奋力。“撸起袖子加油干”，这也是初心存在的重要表现。

一个人的价值首先体现在他为他人、为社会提供的价值，而不是他消耗掉多少社会资源，甚至也不是他拥有多少社会资源。所以，要把自己的成就和作用拿出来跟自己的消耗做比对。如果你无法创造大的价值，你就不要去消耗大的资源；小贡献就过小生活，小付出就不要乞求大获得。这也叫平衡，平

衡是幸福的核心，你付出太多得到的回报太少，你的心里可能会失去平衡；你付出的很少，却在争取得到很多，你的人生就会失去平衡，人生就会失重，就容易撑不住而摔跟头。很多挥霍无度的老板、好吃懒做的庸人、贪得无厌的官员，正是因此跌倒的。

大付出得大道，小付出小得到，不付出就不能得到。这是辩证法，是事物的因果。我们常常用这样一个词来要求和激励自己和他人，就是：勤奋创新。针对北京市内 54 所大学、52 所中小学的校训进行统计发现，这些学校的校训勤奋与创新两词出现率最高，均为 20%，尤以中小学居多。在浙江，54 所高中的校训中含有“求实”，46 所含有“创新”，38 所含有“勤奋”。勤奋创业，勇于创新，这些要求做人有作为的训词，在我们的成长教育中，满满地渗透着。

关于有所担当。我说，自然有风雨，社会有不平。有初心的人应该主动担当自然的救护者，小到扶起一棵树苗，大到参与世界拯救灾难行动，都是担当；有初心的人应当勇敢担当社会的干预者，加入对社会稳定的维护、公平的坚守、正义的执行、大爱的传播。不要以为这些很大、很空，其实事关人人。没有个体的维护，哪里有全社会的维护？没有人人执守，怎么谈得上全社会执守、国家执守？因为有每个个体的担当，家庭才存在，社会才稳定，民族才凝聚，国家才向上。

人的尊贵和卑贱到底由什么决定？财富吗？地位吗？才华吗？气势吗？看起来有点关系，但细究下去，真的跟这些没有太大的关系。被称为“人间圣母”的特蕾莎修女身高不到一米五，终身未婚，一生几平方米的居室里只有一张小床、一面小柜子，没有分文存款。但是，她一生把所有的财富和心血，全部奉献给了世界各地的穷人。她受到全世界人民的爱戴和尊敬。我知道，她把爱化为一种担当，用全部的生命去践行。每次我读到特蕾莎修女的故事，心里都会暖暖的、湿湿的，涌动着爱的潮水。这种崇敬不知道要怎样表达才好。我经常有一种天真的想法，我说我在生活中，会不由自主地对那些尊贵的人和景象鞠躬，如果特蕾莎修女出现在我的面前，我一定会昂着首与她拥抱，低下头向她膜拜。因为她是对这个世界、对人类，实施爱的担当的最伟大的母亲，她配得上任何高度的尊贵。

我们在欣赏文艺作品时，最容易被那些有骑士精神的英雄偶像感动。堂吉诃德、佐罗、孙悟空、超人、蜘蛛侠……这些形象说到底，都是有正义心的骑士英雄形象。我们爱他们，崇拜他们，就是因为他们敢于担当，把他人、社会、民族、国家甚至全人类的正义使命扛在肩上。我们以这些形象为偶像，不是因为他们有三头六臂，神通广大，而是因为他们的精神高大，他们的行为正直英勇，为了正义的事业，他们不惜牺牲自己，成全他人。有了这样的大情大义担当，我们才有和平、公正、幸福的大爱世界。

关于积极向上。积极向上是人的精神取向，是人格高度，是正能量。一个人应该以自己的生活姿态、学习和工作姿态、处世姿态体现一种正面的、积极的心理，应该成为社会大集体里一个正能量分子。你来到这个世界是为了拥抱这个世界，不是为了拒绝甚至败落这个世界；你也不是孤立的，没有世界，没有他人，你无法生存和发展，所以你要散发热量，平衡自我也温暖他人。我就是我，与他人无关，这种理论是站不住脚的。

一个人的颓败首先是从他的精神状态开始的。为什么有一类人容易陷入颓败，包括《追问》里我记述的那些落马的中高级官员，都算是成功人士了，过着很体面的生活，在社会上很有能耐，但是内心却极其脆弱。这是为什么？因为他们没有能够建立起真正光明正大的内心。他们丢掉初心多年，早就成为一个潜伏着危机的心灵颓败者。我梳理他们的人生轨迹，发现他们在成长的过程中，心灵的发育出现了问题。这个问题的普遍根源是——中国文化的取舍与塑造。

这是很大的课题，关乎文化自信，到底该自信的是哪部分。中国传统文化博大精深，可以吸取的太多太多，有高尚精髓，也有世俗杂碎，一并风行社会几千年。这世俗文化在广大老百姓中、在社会基层，甚至在政场中历来都很有市场。可以说，我们每个人在成长的过程中，都或多或少有所沾染。一不小心，就被这类文化塑造，把一个本真的自己，重塑成一个世俗的自己、一个市侩的自己，甚至一个恶劣的自己。世俗文化因为由来太久，积淀很深，面广量大，无孔不入，可以说，不是“大隐于市”，而是自成市场，在中华民族的生存与发展的空间里自由贸易，影响着我们每个人的心灵发育。

我曾经做了一个简单的类举，把世俗文化里的一些比较恶俗的、危害比较大、普及性比较强的表现和所谓的理念，找出来一些。我想先不针对老百姓，而针对社会精英和权力群体，来做一些浅薄的举证和观察。比如面子。比如儿子。比如市井市侩。比如小农意识。比如一人得道鸡犬升天。比如难得糊涂。比如时尚等等。

今天，我们强调“文化自信”，强调用中国优秀的传统文化塑造我们民族的灵魂，切切不可泥沙俱下。要深刻领会“优秀”这几个字的纯净度，坚决刨除文化里的封建积习，与恶俗作坚决的斗争。春风化雨，以高雅之文，化低俗之念，让稠密的时代正能量，细润我们民族的心田。

值得我们继承的中华民族优秀传统文化在哪里？在广博大地上的名胜古迹里，在一代代人精心收藏和展示在千万博物馆的文物资料里，在浩瀚的中国优秀典籍海洋中，在我们这个民族的英雄和文化科学精英人士的血脉里。我们要去读万卷书，行万里路，要以英雄和先贤为榜样，达到“阅人无数”的人生境界。这样何愁不能被优秀传统文化塑造呢？

我们还要面向世界，关注全人类，吸收世界文明的精华。构筑人类命运共同体、“一带一路”等伟大事业，需要我们有国际眼光、世界格局和走在人类文明前沿的速度。这也是初心必不可少的元素。

当我们每天走在通向未来的路上，一步步接近火热的社会，一步步接近高山、海洋、云天、苍穹，我们一定要对照自己的一言一行，是否与人为善，是否有所作为，是否有所担当，是否积极向上。有了这些，我们就没有背离初心，只有这样，我

们才能幸运地走在光明正确的人生大道。

少年强则国强，初心在则心远。我们心不慌，情坚定，意更远！美好的愿景，指向好梦成真的明天。

后记

初心照亮你的行程

一个人的发展史，是成长、成才、成人的启程，然后才有可能实现成功的到达。成长是自然发育的过程，也是心智发育的过程，所以，需要的给养是多方面的。物质的供给是基础，精神的供给是必需。

一个世纪前，世界著名精神分析学家弗洛伊德把人的精神健康界定在两个必须：必须爱人，必须积极（包括人生态度和工作态度，对于青少年来说，当然就是指学习态度）。有了这些，人生再大的困难都是可以克服的。因为精神健康了，心理和行为才健康，才有力量，才有正能量。成长的健康，也决定着成才的意义、成人的完善、成功的价值。

初心，是我们全部精神营养的源泉，是流向一切美好理想、高尚价值目标的动力。

我们在成长的过程中，要趁早培养和建立美好的初心。而当你迈向社会，建议一日三省，对照自己的言行，让你的初心永葆青春。

留住初心并不难。初心就在那里，就在你和他人出发的地方，就在那些没有成本、无须投资的精神世界里，就在我们善良美好的本愿里。你丢了，可以找回来。你还没有意识到，赶紧去学习、体会和构建。初心的光辉，一直在普照着人类的行程，也一直蕴藏于中华民族的精神富矿、补给着我们的文化血脉。只要你真心祈愿，它很容易能滋润你的心灵，照亮你的行程，美化你的人生。

丁捷作品存目

非虚构

● 《初心 · 青少年读本》（2020）

● 《名流之流》（2019）

● 《初心》（干部版）（2018）

● 《追问》（2017）

● 《小困兽》（2015）

● 《约定》（2014）

● 《缘动力》（2009）

○ 《青春期点击》（2001）

○ 《青春期突围》（1996）

○ 《中学生交友》（1994）

○ 《与群魔共舞》（1993）

虚构

● 《撕裂》（2018）

● 《卖乖王》（2016）

● 《星公主》（2016）

● 《现代诱惑症》（2014）

● 《依偎》（2012）

● 《亢奋》（2010）

● 《如花如玉》（2003）

诗歌和艺术

● 《藤乡》（2016）

○ 《一个人的边疆》（2010）

● 《梦乡》（2009）

○ 《沿着爱的方向》（2004）

○ 《叩响她的门环》（1994）

（注：资料截至 2019 年年底）

丁捷

在20世纪80年代，14岁的丁捷就开始文学创作，并取得不凡成绩，成为当时有名的校园作家，被大学免试录取。

大学毕业后，丁捷曾在大学教师、省级机关干部、地方宣传部部长和国企纪委书记等多个岗位历练，其间还援疆工作几年。

他是当代作家中生活阅历相当丰富、进入现实很深的一位，以作品和人生，同时游走在空灵与尘世。可以说，他是在用文学演绎人生，用人生写作文学。

其所著长篇小说《依偎》被翻译成多种文字出版发行，获得多个国际和国内文学奖项。长篇纪实文学《追问》曾数月雄踞全国图书畅销榜榜首，被称为“现象级”文学作品。2018年出版的《初心》（干部版）在全国各地广受欢迎，被中央和国家机关官网、新华社、“学习强国”学习平台等媒体推荐为初心主题教育成人读本。